그냥 살아만 있어
아무것도 안 해도 돼

예민한 엄마와 청소년 우울증 딸의 화해와 치유를 향한 여정

그냥 살아만 있어 아무것도 안 해도 돼

이유미

×

이하연

매일경제신문사

불행을 행복으로
바꾸는 방법

마지막 장을 덮으면서 소름이 돋았다. 어디에서도 찾아보기 어려운 감동적인 휴먼드라마다. 처음으로 책을 쓴 초보 작가라고 믿기 힘들 정도로 글이 좋기도 했다.

이 책을 쓴 한 사람인 엄마 이유미 씨는 나에게 글쓰기를 배운 적이 있다. 수업할 때 이 책의 실마리가 될 내용을 조금 보았다. 내 첫 마디는 이랬다.

"따님에 대한 글이라면 혼자 쓰지 마셔요. 따님의 진심을 담은 글과 함께하지 않으면 폭력이 될 수 있습니다. 게다가 절대로 진실에 다가갈 수 없을 겁니다."

이건 쉬운 일이 아니다. 엄청난 용기가 필요하고 그 과정에서 많은 고통을 감내해야 한다. 책으로 쓰이기 어려우리라 짐작했다. 그런 노파심은 책 앞부분을 읽을 때까지 가시지 않았다. 엄마와 딸이 겪은 갈등을 읽어가노라니 가슴이 저밀 정도로 아팠다. 그 아픔은 페이지를 넘기면서 감동으로 변했다. 더없이 솔직하게 자신을 돌아보며 반성하는 모습을 보여주는 작가의 용기에 감탄하지 않을 수 없었다. 마침내 엄마와 딸이 껴안고 울며 화해할 때 나도 눈물을 글썽였다.

그러나 본격적인 내용은 거기서 시작된다. 딸인 이하연의 글에서 '청소년 문제'의 진실이 무엇인지 분명해진다. 그 내용을 새기다보니 오롯한 한 인격체의 깊은 통찰력까지 느낄 수 있었다. 사실 아무리 나이가 어리다 해도 모두가 존중받아야 할 한 인격체다. 부모들은 사랑이라는 미명 아래 순전히 자기만의 라떼를 기준으로 결정하고 행동하면서 그것을 아이들에게 강요한다. 문제는 대개 거기에서 시작된다.

그렇다는 사실을 잘 깨닫는 사람이 많지는 않은 것 같다. 그래서 청소년 문제로 고통스러워하는 가족이 많은 것 아닐까. 그러나 그 문제는 당연한 듯 휘두르는 어른의 권력에서 비롯되는 경우가 많다. 딸 이하연도 아빠 문제를 지적할 때 그렇게 말한다.

우리 엄마의 남편 되시는 분은 꼰대다. (중략) 자기는 꼰대가 아닌 줄 안다.

이렇게 보면 청소년 문제는 청소년 문제가 아니라 어른들의 문제인지 모른다.

누구나 스스로를 객관적으로 보는 것은 불가능하다. 어른이라고 해서 완벽한 것도 아니다. 모두들 잘 알고 있는 내용이다. 그러면서도 자기 자녀와의 관계에서는 생각과 태도가 돌변한다. 그것이 불행의 시작이다. 이 책은 어떻게 하면 그 불행을 행복으로 바꿀 수 있는지 너무나 잘 보여준다. 설사 상황이 조금 다를지라도 한 편의 장편소설 같은 풍부한 에피소드를 통해 거의 대부분 해결의 실마리를 발견할 수 있을 것이다.

나는 이하연의 팬이 되었다. 이 책을 읽는 어른들 모두가 그랬으면 좋겠다. 만일 이하연 또래의 청소년이라면 엄마인 이유미의 팬이 되면 좋겠다. 그리고 부모님께 이 책을 선물하자. 가족이 다 함께 읽은 다음 의견을 나눌 수 있다면 더없이 좋을 것이다.

강창래(인문학자, 《오늘은 좀 매울지도 몰라》 저자)

프롤로그

우리의 이상한
앨리스들에게 이해를

2021년 2월 9일. 딸아이가 타이레놀 열세 알을 삼켰다. 딸
아이를 응급실로 데리고 가는데 시간이 멈추어버린 것만 같
았다.

'왜 아이가 약을 먹었을까. 어디서부터 잘못된 걸까.'

처음엔 죄책감이 들었다. 아이가 잘못될까 봐 두려웠다. 그
러다 그런 선택을 한 아이에게 화가 났다. 이러다 아이가 죽
는 게 아닐까 싶어 겁도 났다. 내 아이를 지켜야겠다고 생각
했다.

돌이켜보니 내 마음도 해결하지 못하고 덜컥 엄마가 되었
다. 아빠의 부재, 알코올에 의존했던 엄마. 심리적 트라우마
로 인해 나는 우울한 어린 시절을 보냈다. 정서적 안정을 찾

지 못해 방황했다. 우울감은 사는 내내 나를 따라다녔고, 결혼 후에도 해결되지 않았다. 나의 전부를 줘도 아깝지 않을 정도로 아이를 사랑했지만, 정작 아이를 사랑하는 법에 대해서는 잘 몰랐다. 우울감을 견디며 아이를 키우는 것만으로도 벅찬 하루하루였다.

다행히 아이는 잘 자라주었다. 밝고 적극적이고 에너지가 넘쳤다. 그러다 중학교 2학년생이 되면서 아이가 변했다. 그저 사춘기려니 생각했다. 게으르고 무기력하고 반항하는 아이를 억지로 끌고 나오려고 했다. 하지만 아이는 요지부동이었다. 아이를 이해할 수 없었고, 나의 우울감도 더욱 깊어졌다.

아이를 이해해주고 참아주려고 했다. 그런 엄마가 될 수 있기를 간절히 원했다. 하지만 참으면 참을수록 우울은 분노로 변했다. 나의 우울은 분노의 형태로 아이에게 전달되었다. 그렇게 둘 다 만신창이가 되었다.

우리는 같이 심리 상담을 받으러 갔다. 심리 검사 결과 나는 성인 우울증, 딸은 청소년 우울증이란 진단을 받았다. 둘다 '우울 정도 심각'이라는 소견이었다. 그렇게 우리는 같이 심리 치료를 받기 시작했고, 그걸로 괜찮은 줄 알았다. 그런데 아니었다. 급기야 딸이 약을 먹고 만 것이다.

뒤늦게 공부를 시작했다. 사춘기, 중2병, 청소년 우울증에 관한 책을 읽고 자료를 찾았다. 청소년 우울증은 사춘기와도 달랐고, 성인의 우울증과도 달랐다. 아이가 내보이는 감정에 반응하는 데 급급한 나머지 절벽 끝에 서 있는 아이를 밀고 있었다는 것을 전혀 몰랐다.

이미 늦은 건 아닐까? 너무 멀리 와버린 건 아닐까? 딸과의 관계를 돌이킬 수 있을까?

다행히도 딸은 자신의 사춘기 세상으로 나를 초대해주었다. 우리는 하룻밤 동안 긴 대화를 나누었다. 대화를 하다 보니 딸의 시선으로 보는 세상은 내가 보는 세상과 달라도 너무 달랐다. 그제야 아이의 '이상한 나라의 앨리스' 같은 행동이 하나둘씩 이해되기 시작했다. 오랜만에 편안하게 교감했고, 안정감을 느낄 수 있었다.

이 책은 청소년 우울증에 걸린 딸과 어릴 때부터 우울증을 앓고 있던 엄마의 화해와 치유의 기록이다. 서로 다른 세계에 살던 이상한 나라의 앨리스들이 마주 앉아, 길고 어두운 터널을 함께 지나 마침내 터널 밖으로 나오게 된 이야기다. 그 과정에서 우리는, 우리가 서로 다른 앨리스임을 인정하고 받아들였다. 그리고 서로 다름에도 함께 살아갈 수 있는 이해의 폭을 넓혀갈 수 있었다.

물론 아직 완결된 것은 아니다. 사는 동안 이 길은 완결되지 않을 것이다. 그저 같이 걷는 일만 있을 뿐. 그 보폭이 항상 일정하지는 않겠지만 같이 걷고 있는 게 중요하다. 서로 충분히 의견을 나누며 이해하고 걸으면 될 뿐이다.

최근에도 아파트 옥상에서 몸을 던진 청소년에 관한 뉴스를 접했다. 예전 같으면 어쩜 저런 일이 다 있느냐고, 참 안됐다고 혀를 차며 잠시 안타까워하고 말았겠지만, 지금은 평범한 가정에서도 얼마든지 일어날 수 있는 일이라는 것을 알기에 그런 소식을 접할 때마다 마음이 무겁다.

사춘기 청소년에게 생과 사는 아슬아슬한 줄타기다. 아이들의 선택은 충동적이고 누구도 예측할 수 없다. 내 아이는 아닐 거라고? 나는 이제 감히 그렇게 말할 수 없다. 나는 그저 운이 좋았을 뿐이다. 그래서 말하고 싶었다. 죽음을 선택한 아이와 고통받는 가족의 이야기를. 사실 너무 내밀한 이야기라 주저되었던 것도 사실이나, 나의 케이스가 많은 사람에게 도움이 될지도 모른다는 생각에 용기를 내었다. 아이의 선택 앞에 죽을 만큼 두려웠지만, 그 와중에 나름의 해답을 찾을 수 있었던 나는 운이 좋은 케이스니까. 그런 내가 받은 숙제일지도 모르겠다.

이해의 폭을 넓혀가고 있던 어느 날, 딸에게 물었다.

"'사춘기 딸과 대화하는 법'과 같은 책을 쓰고 싶은데 어떻게 생각해?"

"대화가 아니라 화해가 먼저지. 엄마들도 화나서 우리한테 소리 지르고 같이 싸우는 거잖아."

생각지 못한 부분이었다. 대화를 거부한다고만 생각했는데 아니었다. 안 좋은 감정을 풀어내고 싸움을 멈추는 것이 우선이었다.

"대화보다 화해가 먼저구나."

우리는 화해를 시도했고 여전히 화해 중이다. 이 책은 그 과정을 그대로 담았다. 딸의 글과 그림으로 아이들이 보는 세상도 담았다. 그런 만큼 이 책을 자녀와 함께 읽어주면 좋겠단 생각이 든다. 그리고 자녀와 더 많은 대화를 나누는 계기가 되었으면 하고 바란다. 아니, 먼저 싸우면 좋겠다. 그러고 난 후 꼭 화해하기를 바란다.

그 일이 있고 나서 한 달 후 딸에게 생일카드를 받았다. 마음을 전하는 시 한 편이 들어 있었다.

고마워.
무엇이 고맙냐고 물어본다면

역시 따라오는 그 물음이 고맙다고 말할래.

– 나선미, 〈네가 있어줬잖아〉

엄마도 고마워. 네가 있잖아.

2022년 봄

비로소 진짜 엄마가 되어가고 있는

이유미

차 례

2 엄마와 딸 사이를 바꾼 화해의 하룻밤

3 조금은 멀게, 조금은 또 가까이

1

열여섯 딸이
약을 먹던 날

타이레놀 열세 알

사고는 언제나 예고 없이 일어난다. 그날도 그랬다.

2021년 2월 9일 화요일. 퇴근 후 가방을 던져놓고 바쁘게 아이들 먹일 저녁을 준비하고 있었다. 메뉴는 된장찌개.
'하연이가 좋아하는 호박도 얇게 썰어 넣어야지.'
호박을 꺼내러 냉장고로 가는데 식탁 위의 핸드폰이 울렸다. 첫째 하연이의 미술 학원 선생님이었다. 하연이는 예고 입시를 준비 중이었다.
식탁 의자를 빼서 앉았다. 선뜻 전화를 받기가 망설여졌다. 2주 전 일이 떠올랐기 때문이다.

그날은 학원 수업이 여덟 시간이나 있는 날이었다. 새벽 5시에 하연이 방에서 웃음소리가 들렸다. 컴퓨터를 하며 밤을 새운 것이다. 부글부글 끓어오르는 화를 참으며 이를 꽉 다물고 노크를 했다.

"하연아, 오늘 수업 여덟 시간이나 하는 날이잖아. 밤새우고 수업 받을 수 있겠어? 이제라도 빨리 자."

"네."

네 시간 후 딸을 깨워야 한다. 아무리 반복해도 익숙해지지 않는 일이다. 커피를 진하게 타서 마셨다.

"하연아, 학원 가야지!"

다섯 번쯤 불렀을까, 아이가 힘겹게 일어나 앉더니 울먹였다.

"엄마, 나 예고 안 가면 안 될까?"

"……그래, 그렇게 하자."

미술 학원 선생님께 연락을 했다.

"선생님, 아무래도 하연이 예고는 포기해야겠어요. 너무 힘들어하네요."

"어머니, 어제 아이들 몇이 지각을 해서 제가 좀 세게 말했어요. 안 그래도 지각이 좀 잦았거든요. 아마 그래서 그런가 봐요. 입시 미술반 시작 시기에는 아이들이 오래 앉아 있는 걸 힘들어해요. 시간이 지나면 괜찮아져요. 지금 포기하면 나중에 대입 준비할 때 후회할 수도 있어요. 하연이 재능이 아까우니 제가 잘 이야기해볼게요. 오늘은 푹 쉬라고 하시고, 다음 주에 보내주세요."

선생님 말씀을 들으니 그런 것도 같았다. 아니, 욕심이 났다. 입시 미술이 마냥 재미있기만 할 수 있을까. 이렇게 쉽게 그만두고 나중에 후회하면 어쩌나.

"하연아, 오늘 학원 쉬고 너 좋아하는 마라탕 먹으러 가자!"

마라탕의 알싸한 국물을 마시고 기분이 좋아진 하연이는 조금만 더 힘내보자는 내 말에 고개를 끄덕였다. 그리고 2주간 잘 다니는 것처럼 보였다. 적어도 내 눈에는 그랬다.

그리고 오늘. 학원 선생님한테 전화가 온 것이다. 학원 선생님의 전화는 늘 반갑지 않은 소식을 전해온다. 결국 전화를 받았다.

"네, 선생님."

"안녕하세요, 하연이 어머님. 여쭤볼 게 있는데요, 하연이가 평소에 약을 자주 먹나요?"

"네? 약이요? 아니요."

"하연이가 속이 안 좋다고 화장실에 갔는데 오지 않아서 가보니 없어져서요. 약을 많이 먹었다고 하는데 거짓말인지 정말인지 알 수가 없네요. 진짜면 너무 걱정돼서요."

"네? 약을 먹어요?"

"네, 타이레놀 열세 알을 먹었다고……."

"네? 열세 알이요?"

생리통으로 아프다고 해서 사준 빨간색 타이레놀 박스가 영화의 한 장면처럼 눈앞에 나타났다. 떨리는 손을 붙잡았다. 거짓말이면 좋으련만, 겁이 많아서 그런 거짓말은 하지도 못하는 아이다. 아무 생각도 나질 않았다. 아이를 데리러 가겠노라 하고 전화를 끊었다.

어떻게 해야 하나. 일단 검색창을 열어 다급하게 타이레놀 과다 복용 시에 어떤 문제가 일어나는지 알아보았다.

"하루 최대 정량은 8알이며, 10알 이상 넘으면 간 손상이 올 수 있음. 미국에서는 타이레놀을 자살 약으로 사용하기도 하며……."

심장이 세차게 뛴다. 마음이 급해졌다. 얼른 아이를 찾아 병원에 데리고 가야 하는데.

딸의 번호를 누르는 손이 떨렸다.

'안 받으면 어쩌지? 사라졌으면 어떻게 해.'

"여보세요."

얼마나 울었는지 꽉 잠긴 목소리였다.

"엄마, 나 오늘 집에 못 가겠어. 친구네 집에서 하룻밤 자고 내일 가서 이야기하면 안 될까?"

어떻게든 병원에 데리고 가야 한다. 달래볼까, 협박을 할까.

"너 친구네 그냥 가면 엄마도 타이레놀 스무 알 먹고 죽을 거야."

이런 말도 안 되는 협박이라니. 그래도 내 딸에게는 통할 것이다. 동시에 달래도 본다.

"먼저 병원에 가자. 병원에서 괜찮다고 하면 엄마가 친구네 데려다줄게."

"알았어."

바로 남편에게 전화를 거는데 눈치가 빠른 둘째가 물었다.

"뭔 일 있어?"

"응, 누나가 좀 아프대. 동생 데리고 편의점 다녀올래? 아빠 곧 오실 거야."

그렇게 밑의 아이 둘을 편의점으로 보내고 뛰쳐나갔다.

'운전할 수 있을까? 해야지. 죽어도 해야지.'

마음을 다잡고 시동을 걸었다.

학원 앞에 도착해서 선생님과 함께 내려온 딸을 보았다. 약을 먹어 그런 건지, 너무 울어 그런 건지 퉁퉁 부은 얼굴에 기운도 의욕도 없어 보였다. 선생님께 감사하단 인사를 드리고, 아이 손을 붙잡고 차를 세워둔 쪽으로 이끌었다. 축 늘어져 엄마 손에 이끌려 터벅터벅 걷는 모습이 너무 낯설었다. 밝고 어여쁜 소녀였던 내 딸은 그렇게 죽어 있었다.

"왜 그랬어!"

엄마의 말에 눈물만 주르륵 흘린다.

"아프면 말을 하지, 왜 몸을 상하게 해."

나도 눈물이 흘러 더 물어볼 수가 없었다. 침묵 속에 아이를 차에 태워 근처 응급실로 향했다.

응급실 중환자

병원 응급실 주차장에 주차하는 사이 딸은 가만히 차 뒷좌석에 기대어 앉아 있었다. 다행히 속이 많이 아프다거나 어딘가 불편해 하지는 않아서 안심이 되었다. 오는 길에 통화한 이모에게서 문자가 왔다.

"내가 아는 약사에게 전화해서 물어보니까 타이레놀은 괜찮대. 이상 없으면 하루 푹 쉬면 된다더라."

다행이다. 순간 고민이 되었다. 응급실에 가서 뭐라고 하지? 아이가 약을 먹었다고 하면 어떻게 볼까? 이것저것 물어보고 검사하고 그러면 아이가 더 힘들지는 않을까? 집에 가서 잠이나 푹 자라고 할까? 코로나 때문에 병원 출입도 자유롭지 못한데 집에 있는 아이들은 어쩌나?

집으로 가고 싶은 마음이 굴뚝같았다. 하지만 검색해본 내용이 마음에 걸렸다. 친구네 집에 간다는 아이를 잡아놓을 명분도 필요했다. 숨을 일단 크게 내쉬었다.

"하연아, 병원 다 왔어. 들어가자."

맏이인 하연이가 아기 때부터 밤에 갑자기 아프고 하면 자주 오는 병원이었다. 응급실이 어디에 있는지, 접수 절차를 어떻게 밟아야 하는지 잘 알고 있었다. 늘 대여섯 명의 환자가 대기하고 있었고, 차례가 되어야 치료실로 들어갈 수 있었다.

접수처 직원이 물었다.

"어디가 아파서 오셨어요?"

"아이가 타이레놀을 열세 알 삼켰대요."

눈이 마주쳤다. 직원은 난감한 표정을 지었지만 곧 익숙하게 자신이 해야 할 말을 전했다.

"고의로 약을 먹은 경우에는 건강보험 적용이 되지 않아요. 병원비가 백 퍼센트 자기 부담이에요. 나중에 정정 신청하실 수 있어요."

"네."

접수를 하고 대기 환자들 사이에 앉았다. 오늘은 얼마나 기다려야 하나.

"하연아, 진료 받으려면 네가 왜 그랬는지 알아야 해. 왜 그랬어? 진짜로 죽으려고 한 거야?"

"그러려고 한 건 아니야. 아빠 때문에……. 내 생각이 너무 무서워서……. 너무 힘들어서……. 생각이 정리되면 얘기해 줄게."

짧게 끊어지는 말 속에서 아빠 이야기가 계속 나왔다.

"지난 일요일에 아빠한테 혼난 거 때문에 그래?"

일주일 전 일요일 아침. 그날도 딸은 아침에 제때 일어나지 못하고 침대에 누워 있었다(우리 집은 교회를 다니기 때문에 일요일에도 일찍 일어나는 편이다). 새벽까지 구부정한 등으로 모니터를 보던 게 생각났다. 화가 치밀어 올랐지만, 심호흡을 크게 하고 "하연아, 일어나야지. 교회 가자" 하고 깨웠다. 아이는 "5분만 더" 하며 계속 누워 있었다.

다른 가족들의 준비가 다 끝났는데도 하연이는 일어날 기미가 안 보였다. 몇 차례 더 이름을 부르다가 급기야 빨리 일어나라며 큰소리를 쳤다. 그제야 하연이는 어기적어기적 눈을 비비며 일어난 것도 아닌 누운 것도 아닌 자세로 침대에 걸터앉았다. 눈은 반 감겨 있었다. 이상한 분위기를 눈치 챈 두 아들의 발걸음이 빠르다. 재빠르게 가방을 챙겨 메고 신발을 신고 신발장 의자에 앉아 나갈 준비를 한다. 결국 남편이 딸 방으로 왔다.

"엄마가 몇 번을 불러야 일어날 거야? 다른 가족들은 준비다 끝냈는데. 매주 너 때문에 늦잖아!"

격앙된 아빠 목소리에 아이는 귀찮다는 듯 침대에서 일어났다. 아빠가 딸의 팔을 툭 쳤다.

"빨리 준비해."

그날도 결국 늦게 출발했고, 가는 차 안에서 아빠의 잔소리가 시작됐다. 숙제는 했는지, 양치는 했는지, 손톱은 요즘도 뜯는지. 어제 책상 좀 치우라고 했는데 오늘 아침에 보니까 그대로더라, 대체 몇 시에 잤느냐, 그렇게 매일 컴퓨터 하면서 늦게 자니까 못 일어나는 거 아니냐, 네가 첫째면 먼저 일어나서 동생들 챙겨야지, 둘째는 막내 잘만 챙기는데 너는 가족으로 하는 일이 뭐 있냐, 그럴 거면 나가 살아라…….

결국 하연이는 눈물을 뚝뚝 흘리고 말았다. 남편이 아니었다면 내가 했을 잔소리. 엄마의 마음을 대변하는 아빠에게 원망과 분노가 향하고 있었다. 원래는 그렇게 사이좋을 수 없는 부녀였는데, 어쩌다 그렇게 된 건지…….

"환자 분, 먼저 진료 보러 들어가실게요."

대기 시간 없이 치료실로 들어갔다. 이건 무슨 상황이지?

다른 구역, 구분된 공간. 빨간색 바탕에 하얀 글씨로 '중증 응급환자 구역'이라고 씌어 있었다. 순간 접수처에 붙어 있던 안내문이 생각났다.

"응급실은 접수 순서가 아니라 중증 환자 순서로 진료를 봅니다."

'우리 아이가 중증 환자구나.'

병원은 치료를 위해 아이의 병명을 정확히 해야 했다. 딸은 음독자살을 시도한 청소년으로 분류된 듯 보였다. 인상이 푸근해 보이는 의사 선생님이 나를 따로 불렀다.

"상황을 좀 자세히 설명해주시겠어요?"

"타이레놀을 열세 알 먹었대요. 며칠 전에도 일곱 알 먹었다고 했어요. 6개월 전쯤 죽고 싶다는 일기를 썼고, 샤프로 손목을 긋는 자해를 몇 번 시도했다고 했어요. 지금은 심리 상담을 받는 중이에요. 약을 먹은 건 이번이 처음이에요."

최대한 사실만을 전달하려고 노력했다. 이럴 때 감정은 도움이 되지 않는다. 감정이 넘쳐봤자 생각도 행동도 멈춰버리고 아무것도 할 수 없다. 집에는 아이들이 있고, 내일 출근을 해야 한다. 딸의 문제도 해결해야 한다. 그러니 올라오려는 감정은 꽉 묻어두어야 한다. 일단 넣어두자. 일이 잘 해결된 후에 그때 감정 주머니를 다시 풀어 들여다보자.

나는 특이하게도 문제가 생기면 감정을 모두 삭제해버린
다. 아니, 감춘다는 표현이 더 맞을 것이다. 부모님의 잦은 다
툼으로 항상 우울했던 나는 사소한 일에도 상처를 받고 잘
울었다. 눈물은 나의 유일한 감정 해소법이었으니까. 그러다
눈물로도 해소되지 않는 사건이 있었고, 그 이후로는 감당할
수 없으면 감정을 숨기고 차가운 척한다. 아마도 어린아이가
본능적으로 택한 일종의 방어기제 같은 것일 테다.

　의사 선생님이 말했다.

　"아이를 보러 갈까요?"

　"안녕. 지금 기분이 어때? 선생님한테 얘기해줄 수 있어?"

　"네."

　친절한 선생님의 말투에 안도가 되었는지 잘 대답한다.

　"약은 언제 먹은 거야? 타이레놀도 종류가 여러 가지라 어
떤 걸 먹었는지 모르겠네?"

　"제 가방에 약 있어요."

　내가 딸 가방에서 꼬깃꼬깃해진 작은 빨간색 갑을 꺼냈다.
'타이레놀 500'이었다.

　"약은 왜 먹은 거야?"

　"힘들어서요. 머리도 아프고."

"그래, 검사 좀 해보자."

아이에게 이런저런 장치가 끼워지고 여러 검사가 이어졌다.

"여기 앉으세요."

선생님이 옆의 의자를 빼주셨다. 선생님의 손에는 '독극물' 이라는 제목의 두꺼운 책이 들려 있었다. 아득해졌다.

"아이가 먹은 건 타이레놀 종류 중에서 가장 센 거예요. 열 세 알이면 기준치를 훨씬 초과해서 간에 손상이 올 수도 있 어요. 당장 나타나는 게 아니라 점차 나타나는 증상이라서 2~3일간 계속 검사하면서 지켜봐야 해요. 타이레놀에는 독 성이 있는 아시트아미노펜이라는 성분이 들어 있는데, 여기 책에 보면 다행히 맞는 해독제가 있어요. 해독제를 투입하면 서 경과를 지켜보도록 하죠. 지금은 괜찮아 보여도 상태가 안 좋아질 수 있으니까요. 일단 오늘은 응급실에서 경과를 보고 내일 상황을 봐서 수시로 확인 가능한 중환자실로 보낼 게요."

중환자실이라니. 의식 없는 환자들이 산소마스크를 끼고 있는 데 아닌가. 내 딸이 그런 위중한 치료실에 가야 한다니. 멍하니 앉은 채 가슴 위로 주먹을 꽉 쥐었다. 눈물조차 나지 않았다. 잔뜩 긴장해 굳어 있다가 간간이 작은 숨을 내뱉었다. 무서운데 무섭다 말할 수 없어 입이 바짝 말랐다. 슬프지만 슬퍼할 수도 없어 눈만 부릅떴다.

하얀색 병원 벽과 의사 가운. 빨간색의 응급이란 글자와 타이레놀의 빨간 갑. 하얀색과 빨간색이 빠르게 깜박였다. 아, 마음이 고장 났구나. 내일은 출근 못 하겠네. 내일 하루만 넘기면 그다음 날부터는 설 연휴이니 그나마 다행이다. 늦은 시간이지만 일하는 유치원 원장 선생님께 문자라도 남겨야지.

문자 창을 여니, 명절 보너스와 선물을 받고 기분 좋게 퇴근해서 보낸 감사 문자가 보였다. 그 아래로 나는 아이의 소식을 전했다.

아이가 약을 많이 먹어서 응급실에 왔어요. 경과를 지켜봐야 해서 내일 출근이 어려울 것 같아요. 약을 먹은 게 걱정되지만, 밝은 아이니 사춘기 지나면 괜찮아질 거예요. 자기 몸을 아끼고 사랑하면 좋을 텐데. 기도 부탁드려요.

따뜻한 답이 왔다.

예술적 감수성이 뛰어난 아이들이 사춘기도 심하게 와요. 하연이 큰일 없을 거니까 원감님 너무 걱정 마시고, 힘내고 기도하세요. 저도 함께 기도할게요.

　그리고 길게 하연이를 위한 기도문을 보내주셨다. 잘 여미고 있던 감정 주머니가 툭 풀렸다. 눈물이 흐르고 가슴이 아팠다. 누구에게도 기댈 수 없어 버거운 마음이었는데, 잠깐 기대어 쉴 수 있는 곳을 찾은 느낌이었다. 원장님 덕분에 무거운 마음을 한 자락 걷어낼 수 있었다. 일어나서 아이에게로 갔다. 나는 엄마니까.

내가 엄마일 수 있을까

엄마. 사실 나는 '엄마'라는 이름이 두려웠다. 버겁고 힘들었다.

우리 엄마는 지금으로 따지면 알콜 의존증이었다. 힘들고 고된 삶 때문인지 자주 술을 마셨다.

아빠의 사업이 어려워지고 내가 초등학교 2학년 무렵 우리 집은 단칸방으로 이사를 갔다. 사업에 미련을 못 버린 아빠는 자주 집을 비웠고, 엄마의 한숨은 늘어만 갔다. 그리고 엄마는…… 술을 마시기 시작했다.

평소에는 조용히 살림만 하던 분이 술만 마시면 사람이 달라졌다. 몸을 가누지 못할 정도로 마셔댔고, 모든 억압된 것들을 토해내듯 밤늦게까지 온 동네를 시끄럽게 하며 토사물을 쏟아냈다. 날이 어두워져도 엄마가 집에 들어오지 않으면 우리 4남매는 말없이 TV를 봤다. 밥은 어쨌는지 기억도 나지 않는다. 그저 오늘 하루가 무사히 지나가기만을 빌 뿐이었다.

나는 불안감이 커지면 마당에 있는 화장실로 가 쪼그리고 앉아 기도했다. 제발 엄마가 술을 안 마셨기를. 아니면 아빠가 들어오지 않기를. 엄마가 술을 마시고 온 날에 아빠가 집에 들어오면 큰 싸움이 났다. 기도만이 내가 할 수 있는 유일한 일이었다. 하지만 큰 기대는 하지 않았다. 기대가 크면 실망도 큰 법이니까. 그렇게 나는 작은 희망 하나 품는 것조차 저어하며 살았다.

5학년 때였나, 엄마를 기다리다가 설핏 잠이 들었는데 멀리서 여자의 처량한 울음 섞인 노랫소리가 들렸다. 엄마였다. 우리는 고개를 푹 숙이고 달려 나갔다. 비틀비틀 걸어오던 엄마는 우리를 확인하고는 고꾸라졌다. 이제 6학년이었던 오빠 혼자 술 취한 어른을 업기란 만무한 노릇. 우리 넷은 엄마에게 달라붙어 두 팔과 두 다리를 하나씩 잡고 엄마를 들려고 애썼다.

그랬더니 엄마가 소리를 지르며 몸부림쳤다. 단독주택이 다닥다닥 붙어 있던 좁은 골목길에 한밤중에 느닷없이 큰 소리가 나자 하나둘 불이 켜지고 창문 틈으로 내다보는 사람들이 생겼다. 그중에는 다음 날 학교에서 마주쳐야 하는 같은 반 아이들도 있었다. 우리는 고개를 더 푹 숙였다. 어떻게든 엄마를 끌고 들어가야 했다.

창피했다. 집에 들어와서도 엄마는 한참을 울고 소리치고 집을 나갈 거라고 울부짖었다. 밖으로 나가려는 엄마를 말리다 휘두른 팔에 얻어맞은 적도 있다. 집 안 물건이 시끄러운 소리를 내며 떨어지기도 했다. 엄마는 어떤 여자의 이름을 부르며 욕을욕을 해댔다. 아빠는 사업 파트너라 했고, 엄마는 아빠와 같이 사는 여자라고 했다.

그렇게 할 만큼 다 하고 난 다음에야 엄마는 벽을 보고 누워 잠이 들었다. 우리 넷은 엄마가 흘린 침과 쏟은 물로 이불이 축축하면 한쪽에 밀어놓고, 반대편 벽부터 차례로 누워 잠을 청했다. 나는 숨죽여 울다 잠이 들었다. 속으로 삼킨 울음이 마음에 멍이 들게 했다. 멍이 가시지 않은 날들이 계속되었다. 처량하고 외롭고 쓸쓸했다. 때로는 가슴이 꽉 막혀 숨쉬기도 버거웠다. 그렇게 매일매일이 우울했다.

술 마신 다음 날, 엄마는 아픈 속 때문인지 아니면 싸늘한 표정으로 바라보는 자식들 보기가 민망했는지 하루 종일 뒤돌아 누워 있었다. 그런 날은 서로 말없이 더 조용했다. 엄마는 한 번도 미안하다고 사과하지 않았다. 대신 잔소리도 하지 않았다. 제발 술 좀 그만 마시면 안 되냐는 질문에 그저 "응" 하고 답할 뿐.

이틀이 지나면 엄마는 다시 밥을 하고 도시락을 싸주고 빨래를 했다. 엄마와의 대화는 점점 줄어들었다. 우리를 도와줄 어른은 없었다. 이모들이 있기는 했다. 엄마의 동생이었던 세 명의 이모는 엄마를 대신해 우리에게 공부도 가르쳐주고 여행도 데려가주었다. 엄마를 대신해 많은 것을 채워주었다. 그런 이모들도 엄마가 술 마시는 문제만큼은 어쩔 수 없었다. 이모들에게 엄마는 남편 잘못 만나 혼자 4남매를 키우며 고생하는 착하고 불쌍한 언니였다.

술 취한 엄마는 어린 우리들에게만 나타나는 괴물이었다. 우리의 슬픔을 말해도 어른들의 고통에 비하면 철없는 투정일 뿐이었다. 감내하는 것은 오롯이 우리의 몫이었다.

그날은 달랐다. 밤 11시가 넘어도 엄마가 돌아오지 않았다. 언제 출동해야 하나, 엄마를 기다리다가 잠이 들었다. 아침이 되었다. 엄마가 없었다. 연탄불이 꺼졌는지 방바닥이 싸늘했다. 어쩌면 오후가 되어도 엄마가 돌아올 기미가 보이지 않던 그날의 기운이 더 싸늘했는지도 모르겠다.

이틀이 지나고 사흘이 지났다. 어떤 어른도 나타나지 않았다. 엄마도, 아빠도, 이모들도, 그 누구도. 일주일이 지났다. 추운 겨울이었다. 연탄불이 꺼지면 번개탄에 불을 피우느라 눈물을 흘려댔다. 건너편 골목에 사는 먼 친척 고모가 가끔 음식을 가져다주었다. 동생 둘은 엄마 사진을 꺼내어 문에 붙이고는 그 앞에 앉아 엄마를 부르며 울었다. 엄마 사진을 쓰다듬었다.

엄마가 미웠다. 밉다가도 학교에서 집으로 돌아오는 길에 엄마가 와 있을까 하고 기대하는 내가 불쌍했다. 우는 동생들을 달래며 잠이 들었다가 눈을 뜨면 엄마가 있겠지 하고 기대하는 내가 서러웠다. 미웠어도 엄마는 엄마였다. 엄마마저 외면한 집은 추웠다. 우리는 배도 마음도 고팠다. 사람들이 우리를 향해 부모에게 버림받은 쓸모없는 것들이라고 손가락질하는 것 같았다. 초라해지기 싫어 아무렇지 않은 척했다.

보름이 넘는 시간이 흘렀다. 이제 슬픔이나 기대도 사라졌다. 마음이 얼어붙었다. 그러던 어느 날, 누군가 찾아와 엄마에게 가자고 했다. 나중에 들으니 엄마 친구라고 했다. 엄마를 다시 만난 건 할머니 집에서였다. 멀리서 엄마가 구부정하게 눈도 못 마주치고 서 있었다. 나는 터벅터벅 걸어가 엄마 앞에 섰다. 아무 말도 없었다. 나도 엄마도.

엄마는 무슨 말이라도 했어야 했다. 미안하다고, 힘들지 않았냐고, 엄마가 힘들어서 그랬다고, 너희가 미워서 그런 게 아니라고, 너희를 버리려고 했던 게 아니라고, 너희만 내버려둬서 미안하다고. 뭐라도 말했어야 했다. 마지막 기회였다. 하지만 엄마는 아무 말도 하지 않았다. 내 진심은 버림받았다. 하찮은 쓰레기가 된 것 같았다. 마음의 빗장이 닫혔다. 상처 난 마음에 약을 발라주는 사람이 아무도 없었다.

나는 스스로를 지켜야 했다. 벌어진 채로 아물어버린 모난 상처를 단단한 유리로 덮었다. 엄마는 이제 내 마음에서 사라졌다. 그 이후로 나는 누구에게도 진짜 마음을 보여주지 않았다. 사람들과 적당한 거리를 두었다. 과거의 기억이 반복해서 떠올랐고 늘 우울했다. 나는 지나간 시간에 갇혔다.

누구에게도 마음을 열 수 없는 내가 엄마가 될 수 있을까. 내가 결혼을 하고 아이를 낳을 거라고는 상상조차 하지 못했다. 그런 내가 결혼을 하고 아이를 낳았다. 나에게 '엄마'라고 부르는 아이가 생겼다. '엄마'라는 단어는 내게 슬픔이고 아픔이었다. 아이들이 '엄마'라고 부를 때마다 나는 엄마라는 말이 주는 감정을 지워내야 했다. 그렇게 하지 않으면 그 말의 무게를 감당할 수 없었다.

엄마는 선택할 수 있는 게 아니야

다행히도 커가면서 엄마의 술주정은 줄어들었다. 내가 대학교 2학년 때 우리 집이 이사를 하면서 엄마는 술친구들과 멀어졌고 자연스럽게 술 마실 일도 줄었다. 그래도 가끔 옛 동네에 친구들을 만나러 가곤 했고, 그런 날에는 익숙한 동네에 쓰러져 있는 엄마를 데려와야 했다.

엄마는 한 번도 미안하다는 말을 하지 않았다. 그저 밥을 해주거나 눈치를 보는 것으로 미안한 마음을 대신했다. 말이 곱게 나갈 리 없는 아들딸들의 툴툴거림을 그냥 묵묵히 받아 삼켰다. 이런 어색한 사이가 싫어서 나는 고등학생 때부터 밖으로 내돌았다.

어른이 되고 보니 엄마의 인생도 참 순탄치 않았겠다는 생각이 들었다. 엄마는 남들이 말하는 착한 사람이었다. 모질지 못해서 싫은 소리 하나 못 하고 참고 사는 착한 여자. 맞는 말이었다. 어른이 되어서 본 엄마는 착한 사람이었다. 그저 감당하기 힘든 삶을 살아보느라, 어떻게든 버텨보느라 술에 의존했던 불완전한 사람이었을 뿐. 머리로는 이해했다. 하지만 마음은 쉽사리 열리지 않았다.

내가 결혼을 하고 아이들을 낳자 엄마는 여느 친정엄마처럼 굴었다. 나의 산후 조리를 해주고 손주들을 돌봐주었다. 딸의 집에 와서 청소도 해주고, 밥도 해주고, 아이들도 챙겨주었다. 애쓰는 엄마를 보며 머리로뿐만 아니라 마음으로도 받아들이려고 노력했다. 만 가지 이유를 대며 스스로를 설득했다. 나를 위해서라도 엄마를 용서하자고. 지금도 나는 엄마를 받아들여야 하는 이유를 나에게 읊어대며 엄마를 마주한다.

엄마는 잔소리를 하지 않는다.

엄마는 밥을 해주고 청소를 해준다.

엄마는 나를 위해 김치를 담가준다.

엄마는 내가 첫 딸을 출산하자 산후조리를 해주었다.

엄마는 내가 일하는 동안 우리 아이들을 돌봐준다.

엄마는 손주들 간식과 잠옷을 사놓고 만날 날을 기다린다.

엄마는 내가 아이들을 맡길 곳이 없을 때 가장 먼저 전화하는 사람이다.

엄마가 술을 마신 건 삶이 힘들었기 때문에, 그럼에도 우리 곁에 남아 있으려고 했기 때문이다.

엄마는 친정엄마다.

엄마는

엄마는

엄마는

.

.

.

나를 낳아주셨다.

엄마의 도움을 받으면서도 계속 원망하는 내가 한심해서, 일상에서 엄마를 떠올리지 않는 내가 매정해서, 내가 엄마가 되고 보니 나름의 사정이 있었을 거라는 생각에서, 지금은 나이 들어 약해진 엄마를 불쌍히 여겨야 해서 등의 이유로 나를 매일 설득한다.

삐거덕대는 엄마와 나와의 관계는 나와 딸과의 관계에도 영향을 주었다. 딸에게 어떤 엄마가 되어야 하는지 몰랐다. 엄마를 어떻게 대해야 하는지 몰랐고, 딸을 어떻게 대해야 하는지 몰랐다. 딸로서 의무를 다하는 것처럼 엄마로서의 의무도 다하려고 했다. 사랑으로 연결되지 못한 마음이 딸의 마음을 밀어내고 있었다. 그런 마음이 아이를 병들게 한 건 아닐까.

못난 엄마여도 아이들이 붙들 사람은 결국 엄마였다. 자꾸 나약해지려는 내게 속삭였다.

"약한 생각 하지 마. 엄마와의 관계를 핑계로 우리 아이들에게 내가 엄마가 될 수 있을까를 고민하는 건 무책임한 변명이야. 본능적으로 아이들은 부모를 의지하게 되어 있어. 엄마는 선택할 수 있는 게 아니야. 사랑하고 돌봐야 하는 생명이 내게로 온 이상 내가 살아내야 할 삶이야."

응급실에서 밤을 지낼 생각을 하니 집에 있는 두 아이가 생각나며 걱정되었다. 아빠가 있다지만 다섯 살 막내는 엄마가 있어야 잠이 들었다. 딸아이가 병원에서 지낼 동안 필요한 것도 챙겨오고, 집에 있는 아이들도 보고 싶었다.

"잠깐 집에 다녀와도 될까요?"

응급실 간호사에게 물었다.

"미성년자라 보호자가 24시간 옆에 있어야 해요."

간호사가 대답했다.

미성년자. 24시간 보호가 필요한 아이. 독립심을 키워준다고 자기 일은 알아서 하라고 했었는데, 아직 딸은 부모의 보호와 도움이 필요한 아이였다. 남편, 아들 둘과 잠깐 영상통화를 하면서 막내를 안심시켰다. 막내는 잠깐 울먹이긴 했지만 아빠가 잘 설명한 듯 다정하게 말했다.

"누나 많이 아파? 나는 아빠랑 잘게."

"응. 사랑해. 잘 자."

전화를 끊었다. 필요한 것은 아침에 편의점에서 사기로 했다.

응급실 간이침대를 끌고 와 앉았다. 아직 2월. 찬 냉기가 바닥에서 올라와 몸이 떨렸다. 엄마를 등지고 한껏 쪼그리고 누워 있는 아이의 뒷모습이 추워 보여서 이불을 끌어올려 덮어주었다. 그리고 베개도 이불도 없는 간이침대에 딸과 같은 자세로 웅크리고 누웠다. 응급실 환자들이 들어오고 나가고, 간호사 선생님이 링거를 점검하는 모습이 몽롱한 시선 사이로 보였다. 잠이 든 건지 만 건지 모르겠는 시간이 흐르며 새벽이 가고 있었다.

열다섯 살에 쓴 유서

"엄마, 화장실 가고 싶어."

딸의 말에 화들짝 놀라 일어섰다. 아, 잠이 들었구나. 하연이가 약을 먹었었지. 몇 시쯤 되었을까.

링거와 주렁주렁 달린 끈들을 바퀴 달린 링거대에 옮겨 걸고 아이를 일으켜 손을 잡았다. 손과 발에 유독 땀이 많은 딸은 손을 잡을 때마다 축축했다. 그 손을 꼭 잡고 걸어갔다. 화장실에 다녀온 아이를 다시 눕히고 나니 잠이 다 깨었다.

'왜 이런 일이 생겼을까?'

곰곰이 생각해봤다. 그러다 생각나는 일이 있었다.

작년 6월의 어느 밤이었다. 산책하러 나갔다가 학원에 다녀오는 딸을 보고는 놀라게 해주려고 조용히 뒤를 따라가고 있었다. 아이는 통화를 하고 있었다.

"엄마에게 말하려고. 응. 근데 엄마가 화내면 어쩌지?"

더 들으면 안 될 것 같아 통화 내용을 못 들은 척 크게 불렀다.

"하연아!"

깜짝 놀라며 뒤돌아본 하연이는 금방이라도 울 것 같은 눈빛이었다. 큰 잘못을 하다가 들킨 것처럼 몸이 떨리는 것도 같았다.

"엄마, 할 얘기가 있어. 엄마랑만 하고 싶어."

아이의 말에 집으로 올라와 아이 방에 가서 마주 앉았다.

"이것 좀 봐."

아이가 내민 진한 노란색 스프링 노트에는 피카추가 수줍게 웃고 있었고, "절대 보지 마시오"라고 씌어 있었다.

첫 장에는 얇은 잉크 펜으로 쓴 글씨가 보였다.

힘든 하루 중에서, 잠깐 마음껏…… 소리 지르고 가는 곳.

그리고 다른 날 붓펜으로 쓴 글씨도 보였다.

나의 인생이 절벽으로 내몰렸을 때.ㅜ_ㅜ

한 장을 조심스레 넘겼다. 딸은 내 눈과 노트를 번갈아 유심히 관찰하고 있었다.

2020. 4. 16

이 노트를 시작하는 날. 쓰는 이유는 사라지고 싶어서. 우리 가족에서 내가 빠진 모습을 상상해봤다. 너무 평화롭다. 행복한 가족. 똑 부러지고 할 일 잘하는 영욱이. 귀여운 아이 영민이. 교육에 성공한 아이들. 나는? 나는 실패작 같다. 거짓말하고, 거짓말하고, 또 거짓말하고. 속이고, 질질 짜고, 공부도 열심히 안 해. 이렇게나 맞아도 계속 잊어. 맞기 싫어, 싫다고. 속이기 싫어, 너무 싫어. 내가…… 내가 너무 싫어. 내가 사라지면 그때야 엄마가 행복할까? 나보고 나가래. 집 밖으로. 나가는 것도 결국, 결론은 내가 사라지는 거잖아? 내 존재 이유가 뭐야? 아니, 여긴 현실일까? 아니면 꿈일까? 영원히 깨지 않는 꿈에서, 꿈의 주인에게 악역으로 조종당하는…… 그런 인간은 아닐까? 존재 가치가 없는. 나는 누구야? 왜 존재해? 존재 이유를 모르겠어. 나의 존재 가치를 모르겠어. 답을 내릴 수가 없어. 이럴 거면 확 사라져버리고 싶어. 살려줘. 살기 싫어. 사라지고 싶어. 그런데 죽기 무서워. 사실 내가 너무 못나서, 싫어서 안 아프게 죽는 법을 검색했어. 그래도 죽음에는 고통이 꼭 따르더라. 지금 숨이 차와. 힘들어서. 숨 쉬는 게 어색해. 공기가 무거워. 온몸이 눌려와. 난…… 모든 게 힘들어. 누구에게도 말 못해서 노트에 쓰는데 너무 슬퍼. 다른 사람에게 털어놓고 싶어. 누구에게? 아빠는 아주 힘들어. 엄마도 힘들지. 영욱이는…… 어린아이가 뭘 알겠어. 아빠는 곧 죽을지도 모른다고 했어. 그 곧은 몇 년이지만……. 아빠가 죽으면 우린 어떻게 살지? 아빠를 잃는 것도 너무 두려워. 그럼 아빠가 죽기 전에 내가 사라지면? 그러면 되나? 하지만 죽음은 무서워. 숨통이 조여와서 아파. 가끔 난 내 지적 능력이 딸린다고 느낄 때가 있어. 멍청하게 똑같은 실수를 몇 번이고 반복하잖아. 정말 멍청하게! 죽고 싶어. 무서워. 내 존재 이유를 모르겠어. 누가 좀 알려줘. 나는 왜 태어났지? 대체 왜……? 이유를 모르겠다

그래도 좀 버텨볼래. 살아보자. 이유를 찾아가자, 내 존재를.

2020. 4. 19

공기가 버겁다. 언제나 그랬듯 버겁다. 머리가 아프다. 계속 지끈거린다. 그림에 흥미가 떨어지려 한다. 아, 이대로 공부 기계가 되는 건가. 행복 없는 삶을 사는 거야? 그 전에 궁금한 게 있는데…… 사랑이라는 감정이 뭘까? 아빠가 난 가족을 사랑하지 않는댔어. 정이 없댔어. 사탕발림 소리만 하는 야박한, 미친 여자 아이…… 난 딱 이 정도일걸. 더 이상 날 사랑해줄 사람은 없을 거야. 날 믿어줄 사람도 없을 거야. 나도 날 못 믿어. 난 혼자야. 내가 죽어도 다들 잠깐 슬퍼하다 말 거잖아. 아빠가 내 손을 잡아끌었어. 엄마는 머리채를 잡아끌었어. 현관문으로. 예전엔 이 현관문 안이 너무 좋기만 했어. 그런데 이젠 마냥 좋지만은 않아. 아, 내가 또 뭔 짓을 해서 가족을 깨뜨릴까. 무서워, 무서워, 무서워…… 살기 위해 죽고 싶은 기분, 다른 사람은 알려나. 죄책감에서 살아남기 위해 죽고 싶어. 처음부터 존재해선 안 됐을 나란 존재를 부정하고 싶어. 창문으로 밑을 봤어. 예전엔 경치 좋다 하며 아무 생각 없이 봤었는데, 요즘은 여기서 떨어지면 죽겠지, 하고 마음 한구석에서 중얼거리게 돼. 커터를 들었어. 내가 너무 싫었어. 근데 고통의 무서움이 더 컸나 봐. 다시 드르륵 칼날을 집어넣고 자리에 뒀지. 모든 게 뒤죽박죽이야. 고통스러워. 행복한 척 웃어 보였다. 아니, 애초에 행복이 뭘까.

2020. 4. 20

밝게 웃으며 다녔다. 힘들다고 말하면서도 얼굴은 웃었다. 난 웃기밖에 못하는 기계 같다. 아니 울기도 잘하지. 음, 아마 감정 로봇? 나도 내 감정을 모르겠다. 그냥 살고 있으니까 산다는 생각밖에 들지 않는다. 오늘은 가출해서 지낼 만한 곳을 생각해보았다. 결국 내가 내린 결론은…… 그냥 얼어 죽든기 굶어 죽든가. 죽는 게 가장 좋은 것 같아, 나 같은 아이는.

여기서 잠깐 멈춘 일기는 6월 9일부터 다시 시작되었다. 그리고 6월 20일. 무슨 말인지 잘 알아보지도 못할 글씨들이 울고 있었다. 처절하게 몸부림치고 있는 것 같았다. 토해내듯 형태도 알아보기 힘들게 써 갈긴 글씨들이 뒤죽박죽 섞여 한 면을 가득 채우고 있었다. 그리고 다음 장.

유 서

가족에게
사랑하는 우리 가족들 나 없이도
행복하게 살아줬으면 좋겠어.
그래도 가끔은 내 생각해줘.
그렇게 열심히 날 키워줬는데 이렇게밖에
못 살아서 정말 미안해. 그래…….

아이의 머리채를 잡던 날

2006년 10월, 딸이 태어났다. 갓 태어난 딸의 얼굴은 퉁퉁 부어 있었고 보라색이었다. 옆으로 길게 찢어진 눈은 딱 마시마로(토끼 캐릭터) 같았다. 아이를 보러 찾아온 손님들 중에 딱히 아이를 예쁘다 말해주는 사람은 없었지만, 부모 눈에는 마냥 예쁘기만 했다.

딸은 태어난 날부터 유난히 눈물이 많았다. 이유도 없이 밤새 울어댔고, 그럴 때면 엄마가 처음인 나도 달래다가 같이 울었다. 무서워서 울고, 졸려서 울고, 화가 나서 울고……. 남편과 나는 아이를 번갈아 안고 업고, 소파와 침대 모퉁이를 오가며 기대서 쪽잠을 자곤 했다.

생후 9개월 즈음인가, TV 선반을 잡고 일어서다 엉덩방아를 찧은 이후로 아이가 걸으려 하지 않아 17개월까지 안고 다녔다. 20개월까지 오직 엄마 젖만 먹고, 얼굴과 온몸에 아토피가 올라와 고름이 한가득 나서 황토물에 담그면, 또 그물놀이가 좋다고 웃는 아이가 예뻤다. 아이가 자는 동안 상처를 긁어 덧날까 봐 아이 손을 붙잡고 버틴 밤도 여러 날이었다.

아이가 유치원에 다니던 시절에는 늘 문제가 따라다녔다. 또래 아이와 생긴 문제를 해결할 줄 몰라 마냥 울기만 했다. 두 살 어린 동생이 놀려도 대꾸도 못하고 우는 게 다였다. 하나하나 설명해주고 직접 경험하게 해주어야 하나를 배웠다. 덕분에 주말이면 아이의 문제 해결력을 키워주기 위해 어디든 나갔다. 호기심이 가득했고, 오감으로 세상을 받아들일 줄 아는 아이는 느릿느릿 세상을 배워나갔다.

초등학생이 되어서는 도서관에서 혼자 책 빌리는 법, 식당에서 음식 주문하는 법, 지하철 노선도 보는 법, 은행에 저금하고 돈을 찾는 법을 배웠다. 어려운 일이 생겨도 혼자 잘 해내는 아이로 잘 자라주었다. 사람들 앞에서 당당했고, 사랑스럽고 밝았다. 누구든 만나면 안아주고, 손잡고 웃으며 교감했다. 장소와 상관없이 춤추던 아이는 자유로운 에너지로 빛나곤 했다.

사람을 유독 좋아하던 딸은 하교 길에는 야채 가게 아줌마를 안아주고, 붕어빵 아저씨와는 수다를 떨다 붕어빵 하나를 물고 들어왔다. 머리핀 가게 아줌마의 사촌이 인기가수 멤버라는 것도 알려주었다. 초등학교 4학년 때던가, "오늘은 방과 후 요리 왜 안 갖고 왔어?"라고 물었더니 이렇게 답했다.

"교장 선생님이랑 나눠 먹었어. 전에 엄마한테 받은 천 원을 잃어버려서 울고 있었는데, 교장 선생님이 울지 말라고 천 원 주셨거든. 그때부터 친해져서 만나면 안아주고 같이 놀아."

"오늘은 복도에서 만난 거야?"

"아니, 내가 쿠키 나눠 먹으려고 교장 선생님실로 찾아갔지. 똑똑, 노크하고 들어갔으니까 걱정하지 마."

그렇게 가깝게 지내던 교장 선생님이 전근 가시는 날에는 운동장까지 마중 나가서 끌어안고 펑펑 울어대는 것도 모자라 집에 와서도 종일 훌쩍이며 슬퍼했다. 그렇게 사람을 애정으로 대하는 아이가 나는 한편으로는 부럽고 한편으로는 자랑스러웠다.

그러다 위기가 찾아왔다.

순진한 4학년 여자아이가 친구들 눈에는 부려먹기 딱 좋았나 보다. 같이 놀기는 재미없지만 시키면 뭐든지 하고 자꾸 같이 놀자고 들러붙으니 은근히 따돌리며 이용하고 있었다. 속된말로 '은따'라는 것을 당하고 있었던 것이다. 어느 날, 아이와 식당에 갔는데 나이보다 커 보이는 여자아이 둘이 들어왔다. 넉살 좋게 나한테 인사를 하더니 하연이가 동생들 자랑을 많이 한다며 떡볶이를 사달란다. 어딘가 어색한 분위기. 딸아이는 떡볶이를 들고 친구들에게 갔다. 보아 하니, 떡볶이만 쏙 먹고 자기들끼리 쏙닥쏙닥한다.

대화에 끼지도 못하고 어색하게 바라보고만 있는 딸아이가 안쓰러워 집에 가자고 불렀다. 너희들 그러면 안 된다고, 못된 행동이라고 말하고 싶었지만, 그마저도 아이에게 해가 될까 봐 아무 말도 못하고 집으로 데리고 왔다. 엄마가 있는데도 그러니 없을 때는 오죽할까. 그제야 아이가 가끔 하던 말이 생각났다.

"엄마, 애들이 같이 놀자고 해서 갔는데 애들이 없어."

"나한테 먹을 거 사달라고 하더니 자기들끼리 놀러 갔어."

"내가 많이 잘못한 것도 없는데 나랑 놀지 말래."

권력자의 눈 밖에 난 아이는 처절했다. 욕도 험담도 비꼬는 말도 할 줄 몰랐던 아이가 친절한 따돌림을 알 리 없었다. 4학년 2학기에는 대놓고 따돌림을 당하기 시작했고, 놀 친구가 없었던 하연이는 매일매일 그림만 그렸다고 했다. 5학년이 되면서 전학을 했고, 6학년이 되어서야 아이는 은근한 따돌림을 당했다는 걸 깨달았다. 그때의 상처가 그대로 남은 탓에 종종 친구들 무리가 던지는 시선에 두려움을 느낀다.

"엄마, 그때 친구들이 참 못됐다. 나한테 왜 그랬지? 물어보고 싶어. 그래도 그때 매일 그림만 그려서 실력이 쑥 늘었어."

초등학교 6학년 때는 웹툰 디지털 드로잉을 배우고 싶어 했다. 혼자 지하철을 타고 매일 한 시간씩 가서 성인 강좌를 하루에 네 시간씩 들어야 하는데도 힘든 내색 한 번 하지 않았다. 하고 싶은 일에 몰입하는 아이의 눈빛은 반짝반짝 빛났다.

"엄마, 오늘은 옆자리 대학생 언니랑 카페에서 그림 수다를 떠느라 늦었어."

중학생이 되어서는 5인조 친구들과 영화 〈써니〉라도 찍을 것처럼 시끌벅적 행복한 1학년을 보냈다. 5인방 친구들과 있었던 일을 온몸으로 이야기해주면 어찌나 재미있던지 시간 가는 줄도 모르고 손뼉 치며 들었다. 다행이었다. 중2병이 무섭다고 주변에 반항하는 중2 아이들 이야기를 들으면서도 우리 아이는 잘 넘어갈 거라고 오만을 떨고 있었다.

코로나 시국이 찾아오고 아이는 중2가 되었다. 짜증이 늘고 혼자 방에 있는 시간이 많아졌다. 말수가 줄어들고 만사를 귀찮아했다. 해야 할 일을 뒤로 미루고, 오로지 컴퓨터와 핸드폰에만 매달렸다. 그러다 밤을 새우면 다음 날 아침에 깨워도 일어나지를 못했다. 흔들어도 보고, 일으켜도 보고, 마지막에 소리를 지르면 어기적거리며 일어나 바라보는 멍한 눈빛이 세상을 다 놓아버린 사람 같았다. 컴퓨터 하면서 밤새지 마라, 잘 좀 씻어라, 라면 많이 먹지 말고 밥 먹어라, 책상은 정리하고 놀아라, 학교 지각하지 말아라, 선생님 전화 온다, 양말 빨래통에 넣어라 등등 처음에 사랑으로 시작한 잔소리는 어느덧 걱정으로 변했고, 급기야 분노로 넘어갔다. 나는 갈수록 화가 나는데, 아이는 아무런 반응도 움직임도 없었다.

2020년 4월 16일, 유서 같은 일기를 쓰기 시작했던 날. 그날도 그랬다. 딸 방에 들어갔더니 옷과 책들은 방바닥에 뒤섞여 있고, 책상 위에는 빈 사발면 용기가 쌓여 있었으며, 먹다 만 음료와 과자 봉지들이 여기저기 널려 있었다. 그 틈에서 아이는 구부정한 자세로 컴퓨터를 하고 있었다. 송곳이 같은 곳을 수천 번 찌르는 것 같은 짜증이 솟구쳤고, 결국 히스테리로 이어졌다.

아이의 옷장을 열어 옷을 다 끄집어냈다. 가방을 싸서 나가라고 소리를 질렀다. 그런데도 아이는 무표정한 얼굴로 꿈쩍도 안 했다. 아이의 그런 모습에 더 약이 올랐다. 머리채를 잡고 거실로 끌고 나왔다.

"이럴 거면 집에서 나가 살아! 엄마가 속 터져 죽을 것 같아. 도대체 왜 그래? 나가!"

아이가 울기 시작했다. 잘못했다고 하든지, 안 그러겠다고 하든지. 차라리 말이라도 했으면 좋으련만, 아무 말 없이 울기만 하는 아이를 보니 더욱 화가 났다. 더 이상 내 자신이 통제되지 않을 것 같았다. 분노가 폭발해 나를 완전히 삼켜버릴 것 같았다. 정말 무슨 일이라도 벌어질 것 같았다. 악을 쓰고 발을 구르다 숨이 차오르고 쓰러졌다. 남편에게 전화를 했다.

"무슨 일 낼 것 같으니까 빨리 와줘."

전화를 받은 남편이 집으로 달려왔다. 그리고 나는 나의 동굴로 들어갔다. 하연이는 아빠와 자기 방으로 터벅터벅 들어갔다.

엄마는 만성 우울증

나는 만성 우울증을 앓고 있다. 불행했던 가족사로 인해 나는 어릴 때부터 항상 우울하고 불안했다. 초등학생 시절부터 자주 가슴이 터질 듯 울었고, 사람들 만나는 걸 싫어했다. 혹여 사람들과 만나는 일이 있어도 나는 말없이 가만있었다. 하루 종일 울다가 아침이 되면 아무렇지 않은 척 가방을 메고 학교에 갔다. 학교에 가서도 멍하니 있는 시간이 많았다. 자주 머리가 깨질 듯 아프거나 배가 뒤틀렸다. 두통을 가시게 하려고 머리를 벽에 박기도 하고 손으로 때리기도 했다. 학교 가기 힘들 정도로 아프면 병원에 갔지만 원인을 찾을 수 없었다.

성인이 되어 정신과 상담을 받으면서 그것이 우울증 증상이라는 것을 알았다. 지금이야 우울증이란 단어가 흔해지고 진단도 빠르지만, 그때는 알기도 어려웠고 알아봤자 쉽게 병원에 다닐 수 있는 일도 아니었다. 나는 그저 내가 그런 아이려니 생각했고, 그런 나를 부끄러워했을 뿐이다.

자라면서도 우울감은 쉽게 가시지 않았다. 결혼하고 나서도 계속되는 우울감에 나는 정신과에 갔다. 항우울증 약을 처방 받았지만 먹지는 않았다. 한번 약을 먹으면 계속 먹어야 할 것 같았고, 우울증에서 벗어날 수 없을 것 같았다. 지금까지 잘 살아왔으니 어떻게든 잘 이겨내보자 하고 마음먹었다. 결국 나는 만성 우울증 환자가 되었다.

때때로 알 수 없는 분노가 휘몰아쳤고, 그럴 때면 또 누군가에게 상처를 주게 될까 두려웠던 나는 가만히 나만의 동굴에서 죽은 듯이 며칠을 머물렀다. 커튼을 치고, 방문을 닫고, 침대에 최대한 내 몸을 깊숙이 말아 넣었다. 잠을 자다가 갑자기 눈물이 왈칵 쏟아지면 숨죽여 울었다. 멍하니 벽을 바라보고 있는 시간이 제일 많았다. 일을 나갈 시간이면 일어나 씻고, 옷을 입고, 거울 앞에서 옷깃을 세우며 눈에 힘을 주고 웃음을 지어 보였다. 그렇게 가면을 쓰면 괴로움을 잠시 잊을 수 있었다. 그것이 내가 세상을 살아가는 방법이었다.

아이를 낳은 후에도 우울증이 찾아왔다. 여지없이 동굴로 숨어들었다. 엄마를 찾아 방으로 들어오는 아이에게 "엄마가 좀 아파. 괜찮아지면 놀아줄게" 하고 달래서 내보내곤 했는데, 또 그게 미안해서 울었다.

집에 있는 시간이 괴로워서 일에 집착했다. 쉬지 않고 일을 했다. 감정의 리듬은 큰 폭으로 오르내렸지만, 그래도 깊이 가라앉으면 가만히 동굴에 머물면서 마음을 들여다보는 방법을 스스로 배워갔다. 기억을 더듬어 스위치가 된 일을 찾아내고 나를 안심시켰다. 마음 챙김, 호흡과 기도로 다독이며 제법 잘 조절하며 살고 있다고 생각했다. 리듬의 폭이 점차 줄어들고 나도 모르게 행복하다는 말을 내뱉는 날도 생겨났다.

그런 내게 사춘기 딸과의 갑작스런 충돌은 큰 사건이었다. 마음을 챙길 틈도 없이 무방비 상태로 내몰린 것이다. 그날도 대처할 방법을 찾을 새도 없이 마음에 숨어 있던 화들이 정제되지 않고 발악하며 쏟아져 나오고 말았다.

나는 내가 무서웠다. 감정을 조절할 자신이 없었다. 그 분노가 아이에게 향할까 봐 애써 회피했는데 그렇게 덮어둔 게 문제였다. 나는 아이와 한바탕 전쟁을 치르고 방으로 들어와 침대에 웅크리고 누워 끊임없이 감정을 토해내고 있었다. 따로 대상이 있는 건 아니었다. 그냥 세상을 향한 경멸이었다. 청소년 때도 해본 적 없는 욕을 마흔이 넘어갈 무렵에 분노에 차서 내뱉고 있었다. 어딘지 모르게 시원한 마음도 있었던 것 같다.

내 안에 악마가 사는 것이 분명했다. 뱀이 하와를 꾀듯 깊숙한 곳에 똬리를 틀고 틈을 노리다가 불화살을 쏘아 올린 게 분명했다. 그렇지 않고서야 어떻게 딸을 그렇게 대할 수 있었을까. 내가 미쳤다고 생각하는 게 나을 듯했다. 나는 그런 사람이 아닌데, 그런 사람이 되고 말았다. 나는 내가 화를 조절할 수 없음을 인정해야 했다. 나는 안 그런 척, 잘할 수 있다고 오만을 떠는 기만자였다. 결국 나의 오만은 아이 앞에서 그 민낯을 드러내고야 말았다. 자식의 머리채를 잡고 고래고래 소리를 지르는 엄마라니. 최악이었다.

그렇게 며칠을 동굴 속에 숨어 있다가 더 이상 아이에게 상처를 줄 수 없다는 생각에 심리 상담을 받기 시작했다.

며칠 후 하연이가 말했다.

"엄마가 머리채를 잡은 이후로 엄마 눈을 똑바로 못 보겠어. 엄마가 화나서 그런 거, 머리로는 알겠는데, 내가 잘못한 것도 아는데, 너무 슬프고 엄마한테 말 거는 게 무서워."

"미안해, 엄마가 정말 미안해. 엄마가 그래서는 안 되는 거였는데……"

그날의 일과 나의 죄목은 내가 본 대로 아이의 일기장에 고스란히 남겨져 있었다.

일기장을 덮고 하연이를 바라봤다.

"엄마, 나는 엄마가 이 일기장을 봐주길 바랐어. 그래서 앞에 일부러 '절대 보지 마시오'라고 쓴 건데. 책상 위에도 놔두고. 학교 갈 때 침대 위에도 뒀었는데 엄마가 안 보더라. 엄마가 내 마음을 좀 알아줬으면 좋겠어. 나 정말 죽을 것 같아. 이 손목 봐. 샤프로 계속 그은 거야. 머리카락도 계속 뽑아. 아침에 머리카락이 방바닥 한가득 있어. 창문 밖을 내려다보면 떨어지면 죽을까, 생각해. 샤워하다가 샤워기로 내 목을 조르는 상상도 해봤어."

어떻게 말을 해야 할까. 날카로운 칼날이 아이를 갈기갈기 찢고 있었다. 상처받은 아이는 그렇게 자기를 쓸모없는 사람으로 여기고, 자기만 사라지면 모든 문제가 해결될 거라고 믿고 자신을 학대하며 진짜 사라질 준비를 하고 있었다.

말할 수 없는 두려움이 몰려왔다. 심장이 빠르게 뛰고, 무슨 말을 어떻게 해야 할지 생각조차 나지 않았다. 아무도 이런 상황에 내가 어떻게 해야 한다고 말해준 적도 가르쳐준 적도 없었다. 자녀 양육서에도 씌어 있지 않았다. 그냥 내 머릿속에 있는 온갖 육아 전문가들의 말에서 정답을 찾기 시작했다. 아니, 그래야만 했다.

사춘기, 자살 충동, 자기 부정. 공감해줘야 한다. 아니, 공감으로는 부족해. 어느 연예인이 자식 앞에 무릎 꿇고 용서를 빌었더니 사이가 좋아졌다는 기사가 생각났다. 그래, 사과해야 돼. 내가 한 인격을 무참히 짓밟았으니 인격적으로 예의를 갖춰서 미안하다고 해야지. 아이가 사라지기 전에.

"엄마가 너무 미안해. 그런 말 해서, 네 맘 몰라줘서, 너 아프게 해서 너무너무 미안해. 죽지 마. 엄마가 정 용서 안 되면 무릎 꿇고 사과할게."

"아니야, 엄마. 나도 미안해. 나도 내가 죽는 게 너무 무서웠어. 그런데 더 무서운 건 내가 죽어도 아무도 안 슬퍼할까 봐. 그게 더 무서웠어. 나만 사라지면 우리 가족들 행복할 것 같아서, 그게 너무 슬펐어. 엄마랑 아빠한테 혼나는 게 너무 무서워. 막 떨려. 내가 잘못한 거 알아. 아는데도 맞을까 봐, 엄마가 소리 지를까 봐 너무 무서워. 내가 너무 미워. 혼나도 만날 까먹고, 내가 너무 못난 것 같아. 나 같은 건 아무도 사랑해주지 않을 거야. 나도 잘하고 싶어. 사람들에게 칭찬도 받고 싶고, 잘한다고 인정도 받고 싶어."

"엄마랑 아빠가 너를 얼마나 사랑하는데. 너 죽으면 엄마도 못 살아. 공부 못해도 괜찮아. 안 씻어도 괜찮아. 앞으로 절대 혼내지 않을게. 아빠도 너 혼내지 못하게 할게. 아무것도 안 해도 돼. 그냥 살아만 있어. 너 아프게도 하지 마. 죽지 마. 제발."

아이를 끌어안고 한참을 울었다. 그렇게 나도 하연이도 괜찮아질 거라고 생각했다. 하지만 그때까지도 나는 알지 못했다. 내가 말과 행동으로 아이에게 준 상처가 아이를 얼마나 끈질기게 괴롭히는지, 사랑하는 아이와의 관계가 얼마나 더 파괴될 수 있을지.

친구 같은 엄마가 꿈이었다. 아이와 함께 영화를 보고, 같이 쇼핑하며 옷도 골라주고, 길거리에서 핫도그 하나씩 입에 물고 깔깔대며 돌아다니는 상상을 하곤 했다. 그러나 현실의 나는 그렇지 못했다. 나는 엄마라 자처하기에도 부끄러웠다.

우리의 관계가 다시 회복될 수 있을까?

하연아, 엄마가 널 다시 찾을 수 있을까?

딸은 청소년 우울증

딸이 자살 일기를 보여준 다음 날, 아이의 담임 선생님에게 전화를 했다. 선생님은 상황을 알고 계신 듯했다. 진로 상담 시간에도 힘들다고 했단다.

"아이가 그렇게 엄마 보라고 여기저기 두는 건 이해받고 싶고 자신에게 더 관심을 가져달라는 표시일 거예요. 정말 자살하려는 아이는 주변에 알리지 않아요. 하연이는 워낙 밝은 아이인데 사춘기라 힘들어하는 것 같아요. 조금 더 관심을 가져주세요."

선생님의 말씀을 일단 믿어보기로 했다.

인터넷에 '청소년 자해'라고 검색해보니 '자해 놀이'가 보였다. 관련 기사도 보였다. 한 2년 전 기사긴 했는데, 손목을 긋는 자해 문화가 청소년 사이에 번지고 있다는 내용이었다.

청소년 자해 문제는 사회적으로도 이미 이슈였고, 코로나로 온라인 교육이 많아지면서 SNS를 보는 시간이 많아진 내 딸도 많이 영향을 받았겠구나 싶었다. 놀이라고 생각한다면 다른 재미있는 놀이를 발견하면 그만둘까? 학교가 정상적으로 돌아가면 괜찮아질까? 여러 가지 의문이 있었지만 더 관심을 갖고 이해해주고 아이가 집중할 만한 것을 찾아주면 괜찮아질 거라고 생각했다.

"엄마, 심리 상담 받고 싶어요."

마침 얼마 전 내가 4주간의 심리 상담을 받을 때 상담 선생님이 알려준 심리 상담 바우처 제도가 생각났다. 주민센터에 문의하니 신청 서류를 알려주고는 상담센터에 소견서를 제출하라고 했다. 내가 다니던 상담센터에 예약을 하고 하연이와 함께 방문했다. 몇 가지 심리 검사를 받고 3일 후에 아이의 상태를 진단한 소견서를 받았다. 소견서에는 다음과 같은 내용이 적혀 있었다.

	소 견 서
호소 문제	내담자는 최근 미래에 대한 걱정과 가족 간의 갈등으로 인해 예민하고 불안이 높아져 내원하여 심리 검사 및 상담을 진행함.
치료 및 과정	내담자는 집안 분위기가 자신 때문에 좋지 않은 것 같고, 자주 혼나다 보니 내가 가치가 없나, 내가 없으면 행복할까, 라는 생각이 든다고 함. 중학교에 들어오면서 성적이 떨어졌고 그러다 보니 잘하는 주변 사촌들과도 비교되어 위축감이 든다고 함. 집에서 실수할까 봐 무섭고 눈치가 많이 보이고, 나쁜 애라고 할까 봐 늘 열심히 해야지 하는 생각이 든다고 함. 울어야 될 상황에 웃고 거짓말이 습관화되었다고 함.
검사 종류 SCT MMPI HCP BDI	**SCT(문장 완성 검사) :** 내가 가장 두려워하는 것은 ― 주변 사람들이 떠나는 것이다 내가 가장 우울할 때는 ― 다른 사람들을 실망시켰을 때 다른 사람들은 나를 ― 평가한다 나를 가장 화나게 하는 것은 ― 나다 **MMPI(다면적 인성 검사) : 척도 6** 편집증 상승 ― 불안, 낮은 자존감, 부정적 정서 **HCP(심리 스케치 검사) :** 자아 강도 약하고 좌절 및 애정 욕구가 강하게 나타남. 혼자 사는 집을 그림. **BDI(우울 척도 검사) : 22점.** 우울 정도 심각.

| 소견 내용 | 내담자는 주변 사람에게 어떻게 맞추어야 할지 중심이 서지 않아 이거 가지고 혼나려나, 저거 가지고 혼나려나 불안해 하고 매사에 확신 없는 모습이 나타남. 감정을 표현하지 못하고 누르는 모습은 억압된 애정 욕구 및 좌절로 이어져 내면에 불안과 분노가 내재되어 있을 것으로 보임. 인간관계에 민감하며 타인의 의견에 과도하게 반응. 경계심과 의심이 많고 비판에 민감하며 타인의 행동을 자기와 연결시키는 부분이 나타남.

슬프고 불안해 하며 현실 도피적인 경향이 있고, 감정의 변화가 많음. 부모와의 관계에서 자신의 감정 표현을 제대로 하지 못해 말로는 이길 수 없다고 생각하다 보니 자기 합리화를 시키는 경향이 많고 자존감이 낮아진 것으로 보임. 눈치를 보고 위축된 모습은 내담자의 불안한 심리를 반영. 내담자의 행동을 수용해주고 격려해주는 데 중점을 둔 심리 치료가 제공될 필요가 있음. 정서적 안정감을 충분히 경험하게 해주어 억눌린 감정 및 불안 행동을 감소시키는 과정 필요.

내담자의 감정이 자연스럽게 표출되도록 하여 긍정적 자기 개념을 갖게 하는 것이 필요하며, 자신의 감정을 인식하고 표출할 수 있게 하는 것이 필요함. |
| | |
| | |

우울 정도 심각, 억눌린 감정과 불안 행동이라……. 왜? 무엇 때문에? 받아들이기 어려웠다. 사춘기 반항과 자기 정체성을 찾는 과정에서 생기는 과도한 자기 인식이라고 합리화하고 싶었다.

무기력한 아이는 엄마의 잔소리에도 움직이지 않는 자신을 한심하게 여기고, 눈치를 보고, 더 우울해지는 감정에 반복적으로 빠져들면서 자기에 대한 믿음마저 잃고 점점 나락으로 떨어지고 있었다. 청소년 우울증. 상황은 이해했지만 받아들이기는 어려웠다. 학교도 잘 다니고, 친구들과 떠들고 웃는 소리도 들리니 심각한 것은 아니겠지 하고 생각했다. 갑자기 통제력을 잃고 충동적으로 행동할 수도 있다는 심각성에 대해서는 알지 못했다.

어쩌면 그 마음을 마주하는 게 두려워 회피한 것인지도 모르겠다. 감정의 소용돌이에서 중심을 잡고 차분하게 들어줄 자신이 없었다. 아이의 모습을 보며 요동치는 내 마음도 어쩌지 못했다. 내 상처가 아파서 아이의 다친 마음을 마주할 용기가 나지 않았다. 현명한 엄마라는 가면을 쓰고 세상이 가르쳐준 대로 어른의 시선에서 해결 방법을 찾는 데에만 집중했다.

'자존감이 낮다니 즐거운 경험과 성취감을 느끼게 해줘야지. 학교 수업 때문에 매 시간, 매일 그림을 그릴 수 있는 건 아니니까 미술을 마음껏 할 수 있는 예고에 보내면 되겠다.'

아이를 위한 최선이라고 생각하고 나는 하연이에게 예고에 갈 것을 권했다. 하지만 이는 엄마의 욕심만 가득한 선택이었다. 예고 입시 과정은 생각보다 어려웠다. 성적 관리는 물론이고 하루 4~8시간 정도 실기 준비를 해야 했다. 좋아하는 미술이니까 잘할 거라고 생각했다. 잘해야 한다고도 생각했다. 미술 심리 상담도 같이 시작했다.

이 정도면 충분하지. 이 정도면 훌륭한 엄마지. 남들에게 괜찮아 보이는 게 뭐 그리 중요했을까. 아이가 우울증이라는데 나는 여전히 남의 시선이 더 중요했다. 사회적 체면은 그동안 가면을 쓰고 죽을힘을 다해 쌓은 견고한 성이었다.

미술 심리 상담과 예고 입시는 우리 아이가 우울증이에요, 하는 것보다는 꽤 괜찮은 모양새였다. 분명히 상황도 좋아지고 있었다. 아이는 미술 학원을 열심히 다녔고, 상담 선생님과 나눈 이야기를 재미있게 들려주기도 했다. 예전의 하연이로 돌려놓았다고 만족하며 나는 빠르게 나의 일상으로 돌아왔다.

하지만 아니었다. 하연이는 끝내 타이레놀을 삼키고 만 것이다.

미처 알지 못했던 신호들

하연이가 약을 먹었다는 미술 선생님의 전화를 받고 학원으로 가면서, 나는 머릿속으로 타이레놀 개수를 하나씩 세고 있었다. 하나, 둘 셋, 넷……. 정신을 차리기 위해 머리를 세차게 흔들었다. 왜 이런 일이 벌어진 것일까. 단서를 찾아야 했다. 말하는 걸 좋아하는 아이이니 누군가에게는 뭔가 이야기를 했을 텐데, 기억해내야 한다.

영어 과외 선생님이 생각났다. 아빠에게 혼난 일요일 아침, 아이는 울면서 과외 수업을 갔다. 신호 대기로 차가 멈춘 사이 영어 선생님에게 전화를 걸었다.

"선생님, 안녕하세요. 늦은 시간에 죄송해요. 다른 게 아니고요, 하연이가 약을 먹었대요. 일요일에 혹시 선생님께 무슨 말 없었나요?"

"아, 네……. 사실은…… 그날 수업을 못했어요. 어머님께 말을 해야 할지 말아야 할지 고민 많이 했었어요. 하연이가 너무 많이 울고, 뭐라고 막 말은 쏟아내는데 알아들을 수도 없고. 수업할 상황이 아닌 것 같아서 달래고, 하연이가 좋아하는 마라탕 같이 먹었어요. 그날도 편의점에서 타이레놀 일곱 개 먹었다고 했어요. 제가 전화 드렸어야 하는데 죄송해요."

또 한 사람, 그날 교회를 간 하연이를 집에 데려다준 학생부 담당 전도사님이 생각났다.

"전도사님, 하연이 엄마예요. 늦은 시간에 죄송해요. 하연이한테 지금 일이 생겨서 데리러 가고 있는데, 혹시 과외하던 날 하연이가 무슨 말을 했었나요?"

"집사님, 사실은 그날 하연이가 울면서 앉아 있기에 데려다준 거였어요. 아침에 타이레놀 일곱 개 먹었다고 하더라고요. 머리가 깨질 것같이 아파서 그랬다고요. 말을 들어보니 집에서 많이 힘들대요. 아빠가 자기를 때렸다고도 하고요. 뭐 아이들은 자기 관점에서 이야기를 하니까 일단 들어주고, 제 어릴 적 이야기도 해주고 그랬어요. 나도 아빠한테 엄청 많이 맞았다고, 지금은 그때에 비하면 많이 나아진 거라고……. 집사님께 말해야 하나 고민했는데 할 걸 그랬나 봐요. 죄송해요."

　나만 모르고 있었구나. 왜 아무도 말을 해주지 않았을까. 뭐가 죄송한 걸까. 아이가 더 혼날까 봐 안 한 걸까? 아이와의 비밀을 지켜주기 위해서? 아이에게 말할 수 있는 상대가 있어서 다행이다 싶다가도 그런 위험한 행동을 했으면 말 좀 해주지 하는 원망스런 마음도 들었다.

　신체적 문제보다 정서적 문제가 더 심각해 보이는 아이의 감정을 보호해주고 싶었던 거겠지. 아이가 자살 일기를 보여준 이후 나아진 건 아무것도 없었다. 표출되지 못한 감정이 고통스러워 자신을 파괴하려던 어린 새가 응급실에 누워 있었다.

　청소년 사망 원인 1위가 자살이라고 하던데, 그저 남의 이야기라고만 생각했는데. 그 일이 어느 날 아무런 예고 없이 우리 집에서 벌어졌다. 우리 딸에게, 나에게, 우리 가족에게.

　병원에 있는 틈틈이 청소년 자살에 대해서 인터넷 검색을 해봤다. 자살자의 92퍼센트는 자살 위험 신호를 보내지만 주변인의 78퍼센트가 무심코 지나친다고 한다. 그러다 2018년 보건복지부 자살 예방 광고를 보게 되었는데, 거기에 자살 위험 신호에 대해서 알아볼 수 있는 체크 리스트가 있었다. 나도 모르게 리스트를 보면서 하나씩 체크해보았다.

자살위험 신호

언어적 신호

● **죽고 싶다는 직접적 표현**
○ 차라리 죽었으면 좋겠어.
○ 정말 죽고 싶어. ✔
○ 자살하는 사람의 심정을 알 것 같아.

● **절망감과 죄책감**
○ 내가 없어지는 것이 훨씬 낫겠어. ✔
○ 나는 아무짝에 쓸모없어. ✔
○ 내가 사라지면 모든 것이 해결될 거야. ✔

● **감정의 변화**
○ 짜증이 나고 화가 나서 견딜 수가 없어. ✔
○ 모든 게 귀찮아. ✔ 너무 외로워.
○ 세상에 나 혼자밖에 없는 것 같아.
○ 내가 너무 가치 없는 사람이라고 느껴져. ✔

● **집중력 저하**
○ 요즘 일이 전혀 손에 안 잡혀. ✔
○ 공부에 집중이 안 돼. ✔

● **신체적 불편함을 호소**
○ 요즘 계속 잠을 못 자. ✔
○ 입맛도 없고 밥을 먹을 수가 없어.
○ 나의 이 아픔이 빨리 끝났으면 좋겠어.

행동적 신호

● **자살을 준비하는 행동**
○ 약을 사 모음, 다른 사람의 자살 방법에 관심을 가짐
○ 자살사이트에 가입하거나 자살 방법 검색✔, 유서 작성✔
○ 주변을 정리하고 선물을 나눠줌

● **자해 흔적**
○ 손목에 상처 등 ✔

● **전에 없던 행동들**
○ 알코올 사용의 갑작스러운 증가
○ 우울증과 관련된 증상
(불면✔, 불안✔, 슬픔✔, 의욕저하✔, 대인관계 기피, 감정 기복✔,
집중력 저하✔, 의학적으로 설명되지 않는 신체 증상 ✔)

● **외모의 변화**
○ 지나친 피곤✔, 우울✔, 불안한 표정✔,
　외모에 관한 관심 감소 ✔
○ 식욕, 체중의 변화 ✔

● **일상생활 능력의 저하**
○ 낮에 졸림(불면의 결과)✔, 생산성의 저하✔, 학교 성적 하락✔
○ 환자의 경우 투병 의지 저하, 대인관계 기피

처음엔 하나하나 손가락으로 꼽아보다가 다섯 손가락이 넘어가자 그만 포기했다. 그냥 내 딸의 이야기였다. 생각해보니 무심코 지나친 말들이 아이가 보낸 신호들이었다.

"엄마, 나 머리가 아파. 잠을 못 잤어."
"컴퓨터 하느라 매일 늦게 자니까 잠도 안 오고 머리가 아프지."

"엄마, 나 속이 안 좋아. 배가 아파."
"매일 매운 라면만 먹으니까 그렇지."

"엄마, 나 허리가 아파."
"운동도 안 하고 컴퓨터 앞에만 앉아 있으니까 그렇지. 운동 좀 해."

"엄마, 수업에 도저히 집중할 수가 없어."
"만날 웹툰과 컴퓨터 할 생각만 하니 집중이 되겠어?"

아이가 보내는 신호를 알아차리지 못했다. 세상도 다 이야기하고 주변 사람들도 걱정하는데 나만 몰랐다. 엄마는 들어주지 않으니 누구라도 붙잡고 말하고 싶던 딸의 SOS 신호들. 딸은 살고 싶으니 도와달라는 신호를 보내고 있었는데, 정작 엄마인 나는 알지도 못하고 있었다.

어떤 마음이었을까

    결국 아이의 행동은 힘들다고, 아프다고, 슬프다고, 예쁘게 봐달라고 하는 외침이었다. 자신의 절망감을 알리기 위해, 정신적 고통을 피하고 싶어서 계속해서 사인을 보내고 있었던 것이다. 이제야 조금씩 아이가 처한 상황을 이해할 수 있을 것 같았다. 얼마나 아팠을까. 아무것도 할 수 없는 자신이 얼마나 답답하고 초라했을까. 얼마나 이해받고 싶었을까. 아이가 느끼는 답답함이 내게도 전해져 오는 듯했다.

    처음에 약 열세 알을 꺼내놓고 보면서 어떤 생각을 했을까? 그 약을 목으로 넘기면서 어떤 마음이 들었을까? 앞으로 더한 행동도 할 수 있겠구나. 딸을 잃을 수도 있겠구나. 아이를 잃고 주저앉아 울고 있는 내 모습이 보였다. 만질 수도, 안을 수도, 엄마라고 부르는 목소리도, 나를 향해 웃어주던 표정도 더 이상 볼 수 없다는 생각을 하니 온몸에 전기가 오르는 것 같았다.

머리를 세차게 흔들었다. 나쁜 엄마라고 손가락질하는 소리가 들리는 것 같아 귀를 막고 무릎에 고개를 깊이 묻었다. 무언가 아주 두껍고 단단한 껍질이 나를 점점 조여오는 것 같은 갑갑함에 신음 한 마디, 눈물 한 방울 나오지 않았다.

그때 마침 병원에서 아침 미사 방송이 울려 퍼졌다. 가톨릭계 병원이었기 때문이다.

"환자들을 돌보시고 보호자의 마음을 만지소서."

20년 전, 깊은 수렁에 빠져 갈피를 못 잡고 지하 기도실로 숨어 들어갔던 날이 생각났다. 그때 만난 부드러운 손길이 나를 다시 한번 감싸주었다. 그 차갑고 무서운 병원에서 내가 믿는 신의 존재가 의지가 되었다.

왜 슬퍼하느냐

왜 걱정하느냐

무얼 두려워하느냐

아무 염려 말아라

큰 어려움에도

큰 아픔 있어도

이젠 아무 걱정 하지 마라

내가 널 붙들어주리

내가 너와 항상 함께하리라

내가 너를 지키리라

작은 숨이 새어나오며 눈물이 흘렀다. 그 조그마한 틈으로
소망이 강하게 스며들었다.

"하연아, 걱정하지 마. 이제 너를 똑바로 볼게. 엄마가 함께
있어줄게."

사발면과 거짓말

어느덧 새벽이 지나고 날이 밝았다. 그리고 친절한 의사 선생님이 회진을 오셨다.

"피 검사 결과 다행히 이상 소견이 발견되지는 않아서 중환자실에는 안 가도 되겠어요. 일반 병실로 옮겨서 며칠 상태를 지켜보겠습니다."

상황은 그대로지만 마음먹기에 따라 달라진다고 했던가. 중환자실이 아닌 일반 병실로 간다는 말에 마음이 한결 가볍고 현재 처한 상황이 무겁지 않게 느껴졌다. 짐이랄 것도 별로 없어서 있는 것만 주섬주섬 챙기고 일반 병실로 올라갔다. 깨끗한 입원복으로 갈아입고 커튼을 치고 나니 왠지 우리만의 공간에 있는 것 같아 아늑한 느낌마저 들었다. 아이는 이불을 덮고 다시 잠들었다.

보호자 출입증을 받기 위해 코로나 검사를 받으러 갔다. 2층 외부로 연결된 검사소로 나가려고 문을 여니 차가운 바람이 얼굴을 때렸다. 매서운 추위가 정신 똑바로 차리라고 격려해주는 것 같았다. 검사 키트가 콧속 깊이 들어와 찌르르할 때는 마치 꿈인지 생시인지 볼을 꼬집어보는 것처럼 지금 이게 현실이구나, 내가 살아 있구나 하고 알려주는 것 같아 고맙기까지 했다. 나는 때때로 현실과 꿈을 구분하기 위해 나를 시험해야 했다. 방심하면 어느 순간 멍하니 꿈속으로 끌려 들어가 있는 나를 현실로 데려오기 위해 안간힘을 써야 했다.

검사를 마치고 1층 편의점으로 갔다. 아침은 병원식이 없다고 해서 하연이가 좋아하는 것들을 사가려고 들렀다. 편의점에 갈 때마다 사실 마음이 편치는 않다. 하연이는 편의점 음식에 집착하는 편이었는데, 그럴 때마다 아이를 잘 돌보지 못했다는 죄책감이 들었기 때문이다. 그래서 괜히 애꿎은 아이만 더 몰아붙이곤 했다.

하연이가 초등학교 4학년 때쯤이었나 보다. 학교 수업을 마치고 학원 수업까지 돌고도 내가 집에 돌아오기까지는 늘 두 시간이 남았고, 그 시간을 하연이는 집 앞 도서관에서 보냈다. 도서관은 사서 선생님이 지켜주는 안전한 놀이터였다.

하연이는 거기서 만화책이나 초등 필독서를 읽으며 나를 기다렸다. 다 읽고 나면 심심하기도 하고 배도 고파서(외롭기도 했겠구나) 어슬렁어슬렁 밖으로 나온다. 기껏해야 초등학생인 하연이가 갈 수 있는 최적의 장소가 얼마나 되겠는가. 대개는 편의점이다. 저렴한 가격에 먹을거리도 구할 수 있고, 먹을거리를 고르며 구경도 할 수 있다.

매일 드나들던 편의점의 아르바이트 언니와 친해진 하연이는, 거기서 간식도 먹고 수다로 외로움도 달래며 도서관에서보다 더 오랜 시간을 보내고 엄마가 데리러 올 때쯤에 도서관으로 돌아오곤 했다. 마치 자신은 다른 데 간 적 없다는 듯. 편의점 음식 먹는 걸 싫어하는 엄마에게 들키면 혼나니까 아마도 나름의 방법을 생각해낸 것 같다.

일찍 퇴근한 어느 날, 아이를 놀라게 해주려고 전화도 하지 않고 도서관으로 갔다. 그런데 아이가 없었다. 도서관 주변을 샅샅이 한참 찾다가 편의점 안에서 사발면을 먹고 있는 아이를 발견했다. 화가 났다. 어릴 적 아토피가 심했고 배가 자주 아픈 아이에게 사발면은 먹으면 안 되는 음식이었다. 사발면 먹지 않겠다고 그렇게 여러 번 약속을 했는데, 번번이 어기고 들켰다. 그러니 또 감정싸움으로 번질 수밖에.

그냥 편의점에 들어가 데리고 나오면 되는 걸 굳이 전화를 걸었다.

"어디야?"

"응, 도서관."

"알았어."

화나는 목소리를 감추느라 낮은 목소리로 대답하고 전화를 끊었다. 거짓말을 하는지 안 하는지 왜 떠보는 걸까. 난 참 못된 심보를 가진 엄마다. 편의점으로 들어섰다. 엄마를 발견한 아이의 시선은 어디로 향해야 할지 몰라 허둥대다가 앞에 놓인 사발면 두 개에 떨어졌다.

먹다 만 사발면을 뒤로 하고 고개를 푹 숙인 채 아이는 엄마를 따라나섰다. 그날도 차 안에서 참 많이 혼이 났지만, 숨어서 먹는 기술이 더 늘었을 뿐 사발면 먹는 횟수는 줄지 않았다. 빈 사발면 용기가 책상 서랍 구석, 침대 아래 깊숙한 곳에서 무더기로 발견되곤 했으니까 말이다. 그런 날에는 또 한바탕 혼이 날 테니 아이에게 사발면은 불안과 함께 먹는, 쓸데없이 맛있는 음식이었던 모양이다. 그때부터 거짓말을 밥 먹듯 하게 된 것일까? 그럴 때마다 얼마나 놀라고 죄책감이 들었을까? 그래서 나도 편의점에서 사발면과 삼각김밥을 살 때마다 묘한 죄의식을 느꼈던 걸까?

병원 1층 편의점에서 쇼핑 바구니를 하나 들고 아이가 좋아하는 음식을 가득 담았다. 매운맛 사발면, 고소한 사발면, 반숙 계란, 바나나 우유, 샌드위치, 핫바 등등. 단잠을 자고 일어난 아이에게 사발면을 보여주니 해맑게 웃는다. 바나나 우유와 반숙 계란까지 있으니 아이에게는 그야말로 최고의 밥상이다. 어제 저녁부터 아무것도 먹지 못했으니 오죽 배가 고플까. 사발면이 익는 동안 계란 두 개를 뚝딱 해치운다. 매운 사발면, 고소한 사발면을 함께 나눠 먹으며 신나 한다.

"이 라면은 물을 여기까지만 부어야 맛있고, 이 고소한 라면은 국물이 환상이지."

바나나 우유까지 맛있게 먹고 배부른 아이와 마주 앉았다.

"이제 말해줄 수 있어? 약 왜 먹었는지?"

아이는 한참 생각하다가 겨우 입을 열었다. 라면 먹을 때와는 딴판이다.

"내가 이렇게 힘들다고 보여주고 싶었어."

나는 잠자코 있었다. 아이의 말이 이어졌다.

"아무리 얘기해도 몰라주니까. 엄마는 계속 혼내고 상처 주는 말만 하고, 아빠는 무섭고."

"엄마의 어떤 말이 그렇게 아팠어?"

"막 소리 지르고 집에서 나가라고, 나보고 미친 것 같다고……."

"그래, 엄마가 그랬지. 아빠는?"

"아빠는 조용히 말하지만, 결국 내가 설득당할 때까지 계속 이야기해. 아빠 말이 다 맞는데, 계속 듣고 있으면 내가 너무 비참해져. 그러다 맞기라도 하면 너무 아파. 사랑의 매가 어디 있어? 나는 죽도록 아픈데 왜 사랑이래? 차라리 화나서 때리는 거라고 하지. 집에 가서 얘기하자고 하면 집에 갈 때까지 무서워서 아무것도 못 하겠어. 머리도 아프고."

"그래서 지난번 일요일에도 약 먹은 거야? 혼나서?"

"응. 머리도 너무 아프고, 혼나는 것도 무섭고. 타이레놀 다섯 알 먹으면 쓰러진다고 했는데 일곱 알 먹어도 아무 이상이 없더라고."

"그래서 더 많이 먹은 거야?"

"응. 생각이 멈추지 않아서 미칠 것 같았어. 머리도 계속 아프고. 자꾸 실수하니까 또 혼날 텐데, 그 상황이 너무 싫은 거야. 도망가고 싶고. 나는 정말 힘든데 보여줄 방법이 이것밖에 없었어. 아프면 혼 안 낼 거니까. 약 먹었는데 속만 조금 아픈 거야. 아빠가 밉고 화가 나고 내가 하는 생각들이 너무 무서워. 내가 너무 싫은데 생각이 멈추지 않아서 어제 집에 안 간다고 한 거야."

"무슨 생각들?"

"너무 무서운 생각들이라서 날 싫어할까 봐 말 못하겠어."

"마음속으로야 무슨 생각인들 못 해. 속으로 욕도 하고 나쁜 생각도 많이 하지. 엄마도 그래."

"아빠가 없어졌으면 좋겠다는 생각을 자꾸 해. 아빠가 사고가 나거나 무슨 일이 생겨서 없어지면 좋겠어. 그러다 아빠가 없어지면 우리 가족들 모두 슬퍼할 텐데. 그런 생각을 하는 내가 미치겠고. 생각이 멈추질 않아. 이런 생각을 하는 내가 무서워."

"그래, 엄마도 그런 생각한 적 있어."

"머리 아파."

자기가 처한 상황을 이야기하려니 다시 두통이 도진 모양이었다. 두통약을 먹는데 하연이의 휴대폰이 울렸다. 친구였다. 많이 걱정되는지 격앙된 목소리가 휴대폰 밖으로 튀어나왔다.

"너 약 먹었어? 미친 거 아니야? 다음에 또 그러면 너 안 봐!"

휴대폰 너머로 들려오는 친구의 걱정 섞인 거친 말이 듣기 좋았다.

하연이가 그랬듯 나도 머리가 자주 아팠다. 신경성 두통이었다.

어릴 때, 원망과 분노의 말들을 뱉어내지 못하고 우울감이 깊어지면 방에서 혼자 우는 날이 많았다. 생각들이 엉키고 많이 울어서 눈이 부으면 머리가 깨질 듯이 아팠다. 스트레스와 우울한 감정으로 인한 신경성 두통은 성인이 되어서도 고질적으로 나를 따라다녔다. 너무 아파 머리를 때리기도 하고, 벽에 머리를 콩콩 박기도 했다. 두통이 나아질 수만 있다면 무엇이든 할 수 있을 것만 같았다.

내가 정신병자 같았다. 병원에 가면 아무 이상을 찾을 수 없다는데. 결국 나는 두통을 내 삶의 일부라고 받아들였다. 그랬던 나는 무심하게도 하연이의 두통도 그대로 내버려두었다. 내 고통이 만성으로 무뎌진 만큼 아이의 고통에도 무뎌진 것이다. 그렇게 고통을 어디에도 풀어낼 수 없었던 아이는 속으로 곪다가 마침내 터져버린 것이다.

정신과 치료가 필요합니다

일반 병동에 입원한 후 정신과 협진도 받게 되었다. 아이의 입원 원인이 그러하니 당연히 정신과 협진이 필요했다. 담당 의사 선생님은 키가 자그맣고 긴 머리에 왜소한 체구였지만 말투가 상당히 신뢰감을 안겨주었다.

"한번 자살을 시도한 아이들은 점점 강도가 심해질 수 있어요. 초반 진료가 중요해요. 정신과 병실에 2주 정도 입원해서 검사하고 상담을 진행하며 진단해보지요. 내과는 내일 퇴원해도 된다고 하는데, 내일부터 설 연휴라 정신과로 바로 와도 당장 진료는 없을 거예요. 안정을 취하고 월요일부터 진료할게요. 보호자가 함께 계실 수는 없어요."

정신과 병동에 입원이라니, 생각해본 적이 없었다. 자해를 시도한 아이에게 일반적으로 하는 매뉴얼일까? 아니면 정말

로 우리 아이가 그렇게 심각한 상황인 걸까? 아이가 무서워
할 텐데, 더 심해지면 어떻게 하지? 그냥 집으로 데리고 갈
까? 그러다 더 나빠지면? 아빠 보는 걸 힘들어하니 관계가
더 심하게 나빠지기 전에 당분간 떨어져 있는 것도 좋지 않
을까? 일주일 여행을 다녀올까? 혼자 감당할 수 있을까? 또
다시 아이에게 화를 내면 어쩌지? 다른 곳보다는 병원이 안
전할 거야. 전문가 선생님들이 다 알아서 하시겠지. 도움이
될 거야. 아닐까?

혼란스러웠다. 쉽사리 결정할 수가 없었다. 어느 쪽이든 선
택을 해야 하는데. 마치 바보가 된 것 같았다. 남편에게 전화
를 걸었다.

"잘 잤어? 아이들은?"

"응. 일어나서 밥 먹고 유치원 데려다줬어. 영욱이는 온라
인 수업 중이고."

"엄마 안 찾고 잘 잤어? 영욱이도 놀랐을 텐데, 괜찮아?"

아직 엄마가 붙어 있어야 잠을 자는 막내가 걱정되었다. 아
니, 그리웠다. 뽀얗고 부드러운 볼에 얼굴을 비비고 품에 꼭
안고 잠을 자면 아무 일도 없었다는 듯이 일어날 수 있을 것
만 같았다. 잠에서 깨어나 "뽀뽀" 하면 입을 쭉 내밀고 달려
오는 막내. 번쩍 안아 들면 엄마 품에 포옥 안기는 막내. 그

온기가 좋아서 등을 토닥이며 한참을 안고 흔들흔들거렸다. 그러다 간질간질 뒤로 넘어가며 까르르 웃는 아이. 그런 아침이 사무치게 그리웠다.

"누나가 아프다고 했어."

언제나 씩씩한 남편인데 목소리가 차분하다. 다른 누구보다 사랑을 많이 주며 키운 딸아이가 아빠를 거부하니, 사춘기 딸이 그렇다고 말은 들었어도 마음은 무너지겠지.

"정신과 선생님이 정신과에 입원하자고 하네."

"정신과라니, 난 반대야. 아무 말도 안 할게. 혼내지도 않을게. 집에 없는 듯 있으면 돼. 정 보기 싫으면 당분간 내가 나가 살면 되고. 당신이 하연이만 데리고 당분간 따로 살든지. 그러면 금방 괜찮아질 거야. 원래 밝은 아이잖아. 정신과 가면 더 힘들어질 거야."

"그냥 두면 점점 더 심한 행동도 할 수 있대."

"당신 하고 싶은 대로 해. 하지만 난 그냥 데리고 오면 좋겠어."

"하연이하고 얘기해볼게."

말은 그렇게 했지만 아이가 생각하고 선택할 수 있는 일이 아니었다. 선택이 어려울 때는 다른 선택을 했을 때 일어날 일들을 머릿속에 그려본다.

내일 집으로 간다면? 아이는 아직 많이 불안한 상태다. 게다가 내일부터 연휴 시작인데 친척들이 오갈 수 있다. 집에 있으면 연휴 동안 함께 있어야 하는데 내가 감당할 수 있을까? 그동안 안정이 될까? 연휴 끝나고 나는 출근해야 하는데, 아이가 집에 혼자 있어도 괜찮을까?

정신과에 입원한다면? 일단 보호받을 수 있다. 밥도 제때 먹을 수 있고 잠도 제때 잘 수 있다. 내가 출근해도 돌봐줄 사람이 있다. 마음에 걸리는 건 보호자가 함께 있을 수 없으니 연휴에 혼자 있어야 한다는 점. 더 외로워지면 어쩌지?

다시 원점이었다. 생각이 돌고 돌다가 아무런 답도 내지 못하고 아이에게 갔다.

"하연아, 내일 퇴원할 수 있대. 그런데 정신과 선생님이 정신과에 입원하자고 하시는데, 너는 어때? 집으로 가고 싶으면 그래도 돼."

"집에 가면 아빠 있잖아."

"아빠가 이제 혼 안 낸대. 아무 말도 않을 거래. 네가 원하면 당분간 아빠가 나가서 산대."

"아빠가 집에 없으면 동생들이랑 엄마가 슬프잖아. 나 병원에 있을게."

"거기는 엄마 못 들어간대. 너 혼자 있어야 하는데."

"작년에도 한 달 넘게 병원에 혼자 있었잖아. 괜찮아."

작년 1월 하연이가 오토바이 사고로 발등 뼈가 골절이 되어 입원을 한 적이 있다. 시술하는 날 마취에 들어갈 때도, 마취가 풀려 눈을 뜰 때도 곁에서 손을 잡아주지 못했다. 시술 과정을 미주알고주알 이야기해주는 딸이 대견하면서도 엄마가 옆에 없는 게 당연해진 아이가 안쓰러웠다. 그때도 집에 있으면 내가 일을 다녀 돌봐주는 사람이 없어 편하게 있을 수 없으니 한 달간 병원에 있었다. 외려 동생들 때문에 아픈 하연이가 고생할 게 빤했다. 그나마 동생들은 내가 출퇴근 후에 챙기면 되었지만 병원에 있는 하연이는 혼자였다.

"하연이 좀 잘 챙겨라."

친정 엄마가 일주일간 병원에서 하연이를 돌봐주다 가시면서 그러셨다. 그때는 그 말이 그렇게 야속할 수 없었다. 여기서 뭘 더 어떻게 하나? 엄마 참 어렵다. 그러는 사이 혼자가 익숙해진 아이는 이제 정신과 병동에 입원하는 것쯤은 아무것도 아닌 게 되어버렸다.

"간호사 선생님, 정신과에 입원할게요."

"입원 생활 수칙이에요. 이 물건들은 반입이 불가하고……."

간호사 선생님이 수칙서를 내미는데, 거기 적힌 단어들에 심장이 덜컥 내려앉아 아무 설명도 귀에 들어오지 않았다.

폐쇄 병동

반입 불가 물품 : 끈 있는 옷, 긴 샤워타올, 충전기 줄, 깨질 수 있는 날카로운 것

자해 도구가 될 만한 건 모두 제한하고, 철저한 감시가 이루어지는 폐쇄 병동이었다. 하루에 한 번 보호자와 동반 산책이 허용될 뿐이다.

영화에서 보던 장면들이 떠올랐다. 반복적으로 자살을 시도하는 환자, 안정제를 투여받고 무기력하게 침대에 눕는 사람. 내 주변에서 이런 일이 일어날 수 있다고는 상상조차 해보지 않았다. 그런 곳에 내 딸을 둔다고?

이건 아니다. 내 딸은 정신질환자가 아니다. 그저 사춘기 방황이 조금 세게 온 거라고, 누구나 걸리는 감기가 독감처럼 지독하게 온 거라고, 내가 아는 딸은 강하고 밝은 아이라고, 내 딸은 누구보다 내가 잘 안다고 말하고 싶었다. 정신 병동에 있는 동안 스스로를 정신질환자라고 단정해버릴까 봐 겁이 났다. 어떻게 해야 할까? 그동안의 불안과는 비교할 수 없는 생생한 어둠의 그림자가 몰아닥치는 것 같아서 소름이 돋았다. 심장이 닳아 없어질 것만 같았다.

나는 기도했다.

"나의 하나님. 솔로몬의 지혜가 필요합니다. 휘몰아치는 거친 파도에 내몰린 어린 생명 하나 지켜주소서."

상담 선생님, 도와주세요

머릿속이 조용해지면서 누군가가 떠올랐다. 나와 하연이를 객관적으로 아는 사람. 우리가 현명하게 길을 찾을 수 있도록 도와줄 사람. 바로 미술 상담 치료 선생님이었다.

하연이와 심리 상담 바우처를 신청한 후 나도 하연이도 바우처 대상에 선정되었다. 그림 그리기를 좋아하는 하연이를 위해서 미술 치료가 가능한 상담센터를 찾았다. 자녀가 상담받으러 오면 보통 부모도 같이 상담하는데, 우리는 모녀가 같이 바우처 대상이 된 데다 함께 왔으니 한 선생님께 상담을 받는 게 좋겠다고 했다. 그렇게 나는 월요일 아침에, 하연이는 월요일 저녁에 같은 선생님에게 상담을 받기 시작했다.

그분을 처음 만날 날이 기억난다. 어깨보다 조금 길게 내려오는 생머리에 연한 베이지색 카디건을 입은 선생님은 상담

실과 참 잘 어울렸다. 하얀 벽지에 색연필, 물감, 만들기 재료 등이 정돈된 수납함이 있는 미술 심리 치료실에서 선생님을 처음 만났다.

선생님은 미술을 전공했는데, 첫딸이 어려서부터 예민하고 수줍음이 많아서 사람들에게 인사하는 것도 어려워하고, 친구 한 명을 사귀는 데도 몇 달이 걸리는 걸 보고 아이를 이해하고 싶어 심리학을 시작했다고 한다. 둘째가 하연이랑 동갑이라고 해서 더 동질감이 들고 편안했다.

처음 만난 날, 선생님은 나의 근황들을 편안하게 물었다. 기본적으로 해야 하는 심리 검사들이 있지만 신경 쓰지 말라고 했다. 보통 상담을 처음 받으러 가면 첫날부터 열 페이지가 넘는 검사지를 채우느라 지치곤 했는데, 여기는 그렇지 않았다. 의아해 하는 나에게 선생님은 '현실 치료'란 걸 소개해 주었다.

현실 치료는 감정보다는 행동에, 과거보다는 현재와 미래에 초점을 두어 내담자의 생각과 변화를 유도하여 보다 나은 삶을 살 수 있도록 조력하는 데 초점을 두는 상담 기법이란다. 선생님은 예술심리학 석사과정 이후 3년간 현실 치료를 공부했는데, 현실 치료 방법으로 본인도 마음의 편안함을 찾을 수 있었단다. 현실 치료란 말이 낯설었지만 마음에 들었다.

이전에 받았던 상담은 과거의 기억을 계속 끄집어내는 작업이었다. 침전된 과거의 기억을 떠올리는 상담을 하고 나면, 수술을 한다고 가슴을 열어놓고 다시 꿰매지 않은 것처럼 오랫동안 작은 자극에도 아렸다. 현실 치료는 지금의 생각, 지금의 행동, 지금의 마음을 들여다본다. 선생님은 계속 물었다.

"지금 어떤 욕구가 있나요? 어떤 선택이 만족감을 주나요? 욕구를 충족하기 위해 나는 지금 어떤 선택을 할 수 있을까요?"

현재 시점을 강조하는 것이다. 이 기법은 과거에 생각이 묶인 나를 계속 현실로 데려왔다. 가족과의 관계, 사회에서 나의 위치와 관계들을 돌아보며 현재의 나는 어떤 사람인가를 편안하게 느껴볼 수 있었다.

같은 날 선생님과 첫 상담을 받고 온 하연이도 들떠 있었다. 미술을 전공했다는 것만으로도 호감도가 120퍼센트란다. 하연이와 동갑내기 딸이 있어서 그랬을까, 선생님은 하연이의 모든 말을 잘 받아주었다. 하연이는 상담 시간을 좋아했다.

이후로 월요일 아침마다 나는 마음의 묵은 때를 벗기는 기분으로 상담실을 찾았다. 주말 동안 하연이와 있었던 일을 미주알고주알 선생님에게 말하는 것만으로도 마음이 가벼워졌다. 선생님은 나와 하연이가 적절한 관계를 유지할 수 있는 다리가 되어주었다. 너무 가까운 사이라 볼 수 없는 것들을 일깨워주고, 현실의 문제를 바로 보고 적절한 방향을 찾아갈 수 있도록 든든한 조력자가 되어주었다.

선생님은 하연이에게도 마음을 내보일 수 있는 대상이었다. 응급실에 간 날에도 하연이는 선생님과 통화를 했다고 한다. 선생님은 폭포처럼 울며 쏟아내는 하연이의 말을 차분히 들어주고는 내게 문자를 보내주셨다.

하연이가 많이 속상해하고 겁내 하는데 많이 이해받고 싶은 것 같아요. 하연이와 차분하게 이야기 나눠보세요. 서로 상처 주고받지 않게요.

사춘기 아이들의 자해 행동은 관심과 사랑을 요구하는 부분이 커요. 야단보다는 믿음을 주세요. 말이 쉽지, 저도 엄마의 마음이 얼마나 고통스럽고 하고 싶은 말들이 많은지 잘 압니다. 조금 시간을 두세요. 그 시기는 정말 이기적이다 싶을 정도로 자기밖에 모르더라고요. 조금만, 조금만 더 크면 좋아질 겁니다. 부모의 인내가 가장 필요한 것 같아요.

선생님, 늦은 시간까지 감사합니다.

아니에요. 통화도 가능하니 늦은 시간이어도 힘드시면 전화
주세요. 아직 퇴근 전이에요. 전 한참 일할 시간이거든요. 늘
1~2시 정도에 잠들어요.

우리가 처한 상황과 마음을 선생님은 너무도 잘 알았다. 선
생님의 문자 하나하나가 방망이질 치는 내 마음을 다독였주
었다. 감정적으로 행동해서 서로 상처 줄 수 있는 상황을 피
하도록 도와주었다.

'조금만 더 크면 좋아진다니까 조금만 더 참아보자. 해보고
너무 힘들면 도움을 청할 곳이 있으니까.'

선생님 덕분에 응급실에서의 하루를 잘 버틸 수 있었던 건
지도 모르겠다. 그런 만큼 선생님과 정신과 입원에 대해 상의
해봐야겠다는 생각이 들었다. 도저히 나로서는 이성적인 판
단이 서지 않았다. 객관적으로 보고 이야기해줄 사람이 필요
했다. 상담 선생님에게 문자를 보냈다.

"선생님, 하연이 몸 상태는 좋아졌는데 내일 정신과에 입원
해요. 아빠 만나기 힘들다고 하고, 정신과 선생님도 추후 극
단적인 선택을 또 할 수 있어서 2주 정도 경과를 보자고 하

시네요."

문자를 보고 다급해진 선생님으로부터 전화가 왔다. 선생님의 말씀은 이랬다.

"제가 상담하는 아이들 중에 정신과 입원하는 친구들을 보면 반복적으로 입원을 하는 경우가 생겨요. 자칫 도피처가 될 수 있거든요. 힘들거나 학교에 가기 싫거나 집에서 나오고 싶을 때요. 하연이는 지금 처음이잖아요? 처음이 중요해요. 지금은 하연이가 혼자 겪고 있지만 정신과 병동에 가면 더 심한 또래 아이들을 만날 수 있어요. 동질감을 강하게 느끼고, 정보가 오가면서 자해를 시도하는 방법이 다양해질 수도 있고요. 성인이면 모를까, 청소년기 아이들은 신중하게 결정하는 편이 좋아요."

순간 정신이 번쩍 들었다. 이후의 일은 생각하지 못했다. 하연이는 특히 주변 사람들로부터 영향을 많이 받는 아이였다. 꼭 그런 건 아니었지만, 혹시라도 병원에서 동질감을 강하게 느끼는 아이들과 만날 수 있고, 그것이 방아쇠가 될 수도 있겠다는 생각이 들자 선택을 돌이켜야겠다는 마음이 들었다. 이번에는 아주 확고했다.

"네, 선생님. 제가 거기까지는 미처 생각하지 못했네요. 아이와 잘 이야기해서 집으로 데리고 가 볼게요."

부족해도 내가 엄마야

전화를 끊고 곰곰이 생각해봤다. 내가 아이를 정신과에 입원시키려고 했던 이유가 뭘까? 여러 가지 이유가 떠올랐다. 그중 별로 중요하지 않은 이유를 하나하나 제하고 보니 마지막 하나가 남았다. 아이를 잘 돌보고 잘 키워낼 자신이 없다는 것. 또다시 아이에게 말과 행동으로 상처를 줄까 봐, 그래서 아이가 잘못될까 봐 무서웠다.

나는 나 스스로가 부족한 엄마라는 생각을 늘 하고 있었다. 다른 엄마들처럼 아이의 일상생활을 살뜰히 챙겨주지도 못하고, 요리 솜씨가 없어 밥을 맛있게 해주지도 못한다. 정리정돈을 못해 어질러진 아이들의 방을 볼 때면 나를 닮아 그런가 하는 생각이 든다. 일하다 늦게 와 씻지도 않은 채 잠든 아이들을 보면 '내일 씻으면 되지. 나도 힘든데, 자는 아이들 깨워서 괜히 서로 피곤하게 만들지 말자'고 해버린다. 그런 날들이 쌓여서 아이들이 잘 안 씻는 버릇을 들인 건가 싶기도 하다.

아이들의 잘못된 행동이나 올바르지 못한 습관들을 보면 전부 내 탓인 것만 같았다. 자격도 없이 큰 프로젝트를 맡은 낙하산 직원 같았다. 주위의 눈치를 보고 좌불안석으로 동동거리며 엄마라는 자리에서 도망가고 싶었다.

주변을 보면 아이를 예쁘고 훌륭하게 잘 키우는 엄마들이 참 많다. 아이들을 위해서라면 본인의 삶이나 행동반경에 제약이 생기더라도 개의치 않고 아이들 뒷바라지에 열심인 엄마들. 아이들의 학교 숙제를 하나하나 챙기고, 학교 교육 단계에 맞춰서 학원을 직접 알아보러 다니기도 한다. 머리는 얼마나 예쁘게 묶고 옷은 얼마나 또 잘 입히는지. 매일같이 영어책을 읽어주고, 영어로 자녀와 통화하는 엄마도 있다.

그런 엄마들에 비하면 나는 참 부족해 보였다. 자질로 엄마가 되는 거라면, 내가 엄마가 되는 일은 없을 듯싶었다. 나는 일중독자였다. 내 일이 중요했고, 일을 통해 얻는 성취감이 우선이었다.

나는 우울할수록 일에 더 매달렸다. 결혼 전 유치원 교사로 4년을 근무하다 우연히 기독교 현대 무용을 접하고 빠져들었다. 내면의 힘으로 몸을 자유롭게 움직이는 시간이 치유와 해방감을 주었다. 유치원을 그만두고 무용을 배웠다. 현대 무용 대학원에 진학하면서 공연 무용을 본격적으로 시작했다.

대학원 졸업 후 결혼을 했다. 하연이를 임신하고 만삭일 때도 일을 놓지 않았다. 춤을 추지는 못해도 공연 기획은 했다. 심지어 출산 전날까지 일을 했으며, 아이를 낳고도 한 달이 채 되지 않아 업무에 복귀했다.

일만 알았던 나는 엄마의 역할에 대해서는 잘 몰랐다. 아이는 낳아놓으면 어떻게든 크는 줄 알았다. 무용 공연일로 바쁠 때면 아이는 며칠씩 외할머니네 집에서 지내야 했다. 생후 17개월까지 모유만 고집했던 아이는 결국 엄마 젖과 촉감이 비슷한 인공 젖꼭지를 대신 물어야 했다. 두 돌쯤인가, 북미와 남미를 도는 선교 공연을 40일 동안 하고 돌아오니 딸은 어느덧 훌쩍 커 있었다.

둘째를 낳고서는 아이가 둘인 상황에 공연 무용을 계속하기는 어려워서 마침 일할 사람이 필요하다는 유치원에 자리를 잡았다. 막 개원한 유치원이라 일이 참 많았다. 야근으로 퇴근이 늦을 때면 아이들은 집에서 엄마를 기다리다 지쳐 잠이 들곤 했다. 그렇게 나는 아이 셋을 낳고 키우면서도 손에서 일을 놓지 않았고, 아이들은 그 공백을 다른 사람의 손길로, 때로는 스스로를 채워가고 있었다.

나는 엄마로서 빵점이었다. 엄마로서의 소질이 부족하고 엄마 역할도 잘해낼 자신이 없었던 나는, 다른 사람이 나보다 아이들의 양육과 교육을 잘해줄 거라 생각했었나 보다. 남편, 할머니, 아이 돌보미, 유치원이나 학교 선생님, 학원 선생님에게 아이들 양육을 의존하고 있었다. 내 말보다는 그 사람들의 의견이 옳다고 여겼다. 그래서 무언가 선택해야 하는 상황이 오면 그 사람들의 말을 더 신뢰했다.

오늘도 마찬가지였다. 정신과에서 치료와 보살핌을 받는 것이 엄마 곁에 있는 것보다 더 낫겠지 하고 판단한 것이다. 사실은 내가 상처받을까 봐 두려웠고, 아이의 인생을 책임질 자신도 없었다. 엄마로서의 자질이 없다는 생각에 아이를 또 다른 사람에게 밀어내고 도망가려 한 것이다. 아이는 벼랑 끝에 서 있는데 엄마는 또 도망갈 생각만 하다니. 다시 자책감이 올라왔다.

어쩌면 아이도 은연중에 그런 엄마의 속마음을 느꼈는지 모르겠다. 아이들의 직감은 생각보다 예민하다. 특히 하연이 같이 사람들과 잘 어울리는 아이가 그걸 못 느꼈을 리가 없다. 커오는 동안 엄마 스스로도 모르게 긋는 선을 그 자신은 알아챘을 수도 있다. 그래서 엄마가 더 멀게 느껴지고, 끝내는 엄마에 대한 그리움조차 잃어버린 것은 아닐까.

아이를 키우고 사랑하는 건 엄청나게 두렵고 힘든 일이다. 아이들을 위한 것이라고 여긴 선택과 행동들이 실상은 그렇지 못할 때가 많기 때문이다. 아이들은 부모의 작은 행동, 사소한 반응, 무심코 던진 말도 그냥 넘기지 않는다. 부모의 말 한마디, 보이는 행동 하나에 울고 웃으며 상처받고 기뻐한다.

사랑이라고 건네준 것들이 알고 보니 아이에게 독이었다는 걸 알게 되었을 때는 심한 절망과 죄책감이 한꺼번에 찾아들었다. 과연 내가 엄마 노릇을 제대로 하고 있는 건가 의심도 들고, 이게 과연 아이를 사랑하기 때문에 그러는 것일까 의문에 빠지기도 했다. 무엇이 정답인지 부모조차 모르니까. 어쩌겠는가, 사실 엄마 역할은 나도 처음인 것을.

그래도 나는 엄마니까 계속 사랑하는 수밖에. 부족해도 내가 엄마니까.

눈물이 한없이 쏟아졌다. 하지만 더 이상 자책만 하며 짓눌려 있을 수는 없었다. 자책은 선한 양심도 배려도 아니었다. 아이와 멀어지게 하는 독이었다. 자책을 버리기로 했다. 나는 내게 주어진 숙제를 꽉 끌어안기로 했다. 아파도 끌어안아야 한다. 다른 누구도 아닌 내게로 온 아이. 나의 아이다.

이 모든 일이 벌어진 데에는 나의 책임도 있다. 그러니 피해서는 안 된다. 엄마로서 아이와 함께 이 힘든 길을 헤쳐 나가야 한다. 나를 봐 달라며 손 내미는 아이가 바로 내 앞에 있다. 그렇다면 아직 기회는 있다. 앞으로 남은 인생 함께 사랑하며 살아가야 한다. 비로소 마음의 빗장이 풀렸다.

이제야 나는 엄마가 되어가고 있었다. 주변의 시선 따위는 더는 중요하지 않았다. 내가 할 수 있는 일을 해야 했다. 무엇부터 시작해야 할까? 발달 과정상 기는(기어가기) 시기를 지나친 아이는 나중에라도 기는 과정을 거쳐야 건강한 성인이 된다는 어느 교육학자의 말이 떠올랐다.

그럼 신생아부터 다시 시작하자. 이제 막 태어나 뽀얗고 사랑스러웠던 그때부터 다시. 딸을 신생아라고 생각하니 마음이 편해지고 너그러워졌다. 이불을 덮고 옆으로 웅크리고 있는 것까지 사랑스러웠다. 그저 있는 것만으로도 사랑스러운 신생아. 신생아에게 무언가 기대하고 바라지는 않는다. 잘 먹고 잘 자고 잘 싸면 충분하다. 먹이고, 입히고, 씻기고, 안아주고, 뽀뽀해주고, 울면 뭐가 불만인지 살피고, 걸음마를 차근차근 가르치듯 하나하나 세상을 알려주면 될 일이다.

그렇게 엄마 공부를 시작했다.

우리 함께 집으로 돌아갈까

　병원 복도는 조용했다. 나는 복도 끝 창밖을 향해 놓여 있는 의자에 앉아 있었다. 이 공간은 아이 때문에 내내 안절부절못하던 내게 친구가 되어주었다. 아이를 위해서 단단해져야 한다고 마음을 붙잡고 있어도 왕왕 치솟는 눈물 때문에 나는 이곳을 찾곤 했다. 여기서 나는 잠시 세상과 단절되어 마음껏 울고 다시 한번 마음을 다잡을 수 있었다. 이곳에서 새로운 결심을 한 나는 마침내 주먹을 불끈 쥐고 힘차게 일어났다. 단단한 의자가 나의 선택을 응원한다고 밀어주는 것 같았다.

　병실 문을 열고 들어섰다. 아이를 설득해야 했다. 강요당한 결정이 아닌 스스로의 선택이 될 수 있도록. 지금 내가 해야 할 일이었다.

"하연아, 상담 선생님과 통화했어. 선생님이 걱정 많이 하시더라."

"응, 상담 선생님 좋아."

"선생님이 하연이는 정신과 병동에 갈 만큼 아픈 아이가 아니래. 그리고 혼자 있으면 더 힘들 것 같으니까 엄마랑 집으로 돌아가면 좋겠다고 하셨어."

"집에 가면 아빠 있잖아."

"내일부터 명절이라 큰아빠네 가실 거야. 내일 일찍 퇴원해서 엄마랑 맛있는 거 먹고 놀다가 늦게 들어가자. 엄마랑 같이 있어."

"엄마 일 가면 또 혼자 밥 먹어야 하잖아."

"설 연휴라 엄마가 같이 있을 수 있어. 너 혼자 여기 병실에 있을 생각하면 엄마 마음이 아파. 너 몸도 나아야 하는데 엄마가 돌봐주고 싶어. 집에 있다가 힘들면 병원으로 다시 오자. 어때?"

"응, 생각해볼게."

아이가 멍하니 한곳을 응시하며 손톱을 입으로 가져간다. 불안할 때 하는 무의식적인 행동이다. 여느 때처럼 조용히 빼주려다가 그만뒀다. 안정이 된다면 손톱 좀 물어뜯는 것이 대순가.

맛있는 걸 먹으면 기분이 좋아질 텐데, 뭐가 좋을까? 빵집에 붙은 빨간색 포스터가 생각났다. 생크림 위에 빨갛고 탐스러운 딸기를 얹은 케이크였다. 딸기 철을 맞아 나온 신제품으로 딸기 페어를 하는 중이었다. 언젠가 딸이 딸기 뷔페에 가고 싶다고 했었는데. 딸기 슬러시, 딸기 샌드위치, 딸기 케이크를 외치며 초롱초롱 빛나던 눈빛이 떠올랐다. 편의점에 갔을 때 딸기가 통으로 들어간 샌드위치를 들고 이렇게 말하던 것도 생각났다.

"엄마, 너무 예쁘지? 어떻게 이런 걸 만들었지? 생크림은 부드럽고 딸기는 상큼해. 이 샌드위치는 다 먹어봤는데 여기 회사에서 만든 게 제일 맛있어. 다른 데는 딸기를 얇게 잘라 넣는데 여기는 통으로 넣거든. 물건 들어오는 시간에 잘 맞춰 와야 해. 금세 팔리고 없어지거든. 아싸, 득템. 오늘은 운이 좋네."

그렇게 재잘거리고는 입 안 가득 생크림 딸기를 베어 물었다.

"하연아, 딸기 페어 하던데. 딸기 케이크 먹을래? 엄마가 가서 사올게."

"응, 딸기 케이크 먹고 싶어."

순간 아이가 나를 또랑또랑하게 본다. 딸기의 달콤하고 상큼한 맛과 폭신한 촉감의 생크림이 아이를 깨운 것이다. 아이의 얼굴이 알록달록 변하고 있었다. 그 표정에 나는 속으로 쾌재를 불렀다. 아싸! 제발 딸기 케이크야, 남아 있어라.

천 년 된 산삼 같은 딸기 조각 케이크 두 개가 보인다. 오랜만에 활짝 웃는다. 우리 딸이 웃으니 그렇게 예쁠 수가 없다. 세상을 다 가진 것만 같다. 딸은 엄마가 사 온 딸기 케이크를 예찬하며 순식간에 먹어치웠다. 오물거리는 입 사이로 삐져나오는 딸기와 생크림을 혀로 날름 잡아채며 행복하게 먹고 있는 모습은 천생 애였다. 그럼에도 입가에 묻은 생크림은 내가 닦아주었다.

"엄마, 나 집으로 갈래."

"그래. 우리 내일 뭐 할까? 영화 볼까?"

"응. 마라탕도 먹자. 마라탕은 내가 쏠게. 내가 맛있게 하는 집 알아. 엄마, 마라탕에는 백목이 버섯을 꼭 넣어야 하는데……."

엄마가 집중해서 들어주니 신이 났는지, 마라탕 재료 황금 조합은 안 매운 맛까지 넘어갔다.

명절 첫날, 조조 영화를 보러 갔다. 극장은 한산했다. 코로

나로 인해 대가족이 모이지는 않아도 명절이면 마음이 바빠지는 게 주부들이다. 유치원 점심시간에 직원들끼리 모여 명절 지낼 이야기를 한참 했었다. 다른 집은 다 안 모인다는데 우리만 시댁에 가야 한다는 신혼의 직원, 아이들과 4일 동안 지낼 게 걱정인 연년생 엄마의 불평이 있은 후에, 무슨 종류의 전을 만드나 하다가 각자 먹고 싶은 전 이야기까지 흘렀다. 나는 집에서 호박전을 부치고 있을 줄 알았는데 딸과 조조 영화를 보러 오다니. 인생 참 모르겠다.

그림을 좋아하는 딸이니만큼 애니메이션을 볼 줄 알았는데 아니었다. 하연이는 로맨틱 코미디를 골랐다. 나야 좋지만 언제 또 이렇게 컸나 싶어 기분이 묘했다. 나란히 앉아 손을 잡고 보면서 웃기는 장면에서는 같이 웃고, 오그라드는 장면이 나오면 맞잡은 손을 잡고 흔들며 오두방정을 떨었다.

실컷 웃고 나니 배가 고팠다. 하연이가 좋아하는 마라탕 집으로 갔다. 각자 스테인리스 볼을 하나씩 들고 원하는 재료를 넣는 곳이었다. 전날 들은 황금 조합을 떠올리며 열심히 담았다. 마침내 완성된 마라탕을 들고 자리에 앉았다. 김이 모락모락 올라오는 매콤한 마라탕은 딸이 말해준 대로 맛이 일품이었다. 딸의 레시피 덕분일까, 배의 허기는 물론 마음의 허기까지 채워지는 기분이었다.

"우리 이제 어디 갈까?"

"디저트 카페 가자."

하지만 디저트 카페는 문이 닫혀 있었다. 명절인 걸 깜빡한 것이다. 카페마다 문을 닫아 추운 날씨에 발을 동동거리다 '앵무새 카페'를 발견했다.

하연이는 사람뿐만 아니라 동물도 좋아해서 학교 앞에서 파는 병아리를 두 마리 사온 적도 있다. 퇴근하고 집에 돌아오면 간혹 멀리서 삐약삐약 소리가 들리곤 했는데, 그나마 새를 싫어하는 엄마(냄새를 싫어한다)를 생각해서 베란다 가장 안쪽에 병아리 집을 만들었기 때문이다. 박스로 만든 병아리 집에 이불도 깔아주고, 제때 밥도 주고 물도 주고 지극정성이더니, 글쎄 일주일이면 죽는 줄 알았던 학교 앞 병아리를 영계가 될 때까지 키워 자기 머리 위에 둥지를 만들어 얹고 동네를 돌아다녔다. 그런 하연이가 앵무새 카페를 그냥 지나칠 리가 없었다.

앵무새 카페에 들어갔더니 온갖 종류의 앵무새가 날아다녔다. 바닥에, 테이블 위에 구석구석 숨어 있다가 먹이가 보이면 날아와 쪼아 먹는 녀석들도 있었다. 하연이는 들어서자마자 환호를 지르고, 나는 조심조심 앵무새들을 피해 한쪽에 자리를 잡고 앉았다.

하연이는 나무가 되었다. 손에, 팔과 어깨에, 후드티 후드에 앵무새들이 한 마리씩 내려앉았다. 심지어 후드에 있는 녀석은 잠까지 들었다. 그러다 앵무새가 되어 같이 놀았다. 고맙다, 앵무새들아. 덕분에 나도 좀 쉬는구나. 그 후로는 하나씩 늘어가는 카페 텀블러가 앵무새로 변신한 하연이 소식을 알려주었다.

그렇게 실컷 놀고 집으로 돌아오는 길. 아파트 주차장에서 하연이는 다시 손톱을 물어뜯는다. 그 손을 잡고 힘 있게 걸어 들어갔다. 집에 들어오니 아빠는 아무 말 없이 하연이를 살짝 안아 등을 토닥여주고는 방으로 들어갔다. 하연이도 방으로 들어가 그대로 잠이 들었다.

타이레놀 두 박스 중
13알

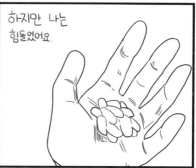

하지만 나는
힘들었어요.

남들이 들었을 땐
별일 아닐 거예요.

...네가
정신병자 같니?

내가 힘든 걸
알아주길 바랐어요.

2

엄마와 딸 사이를
바꾼 화해의 하룻밤

엄마의 흉통
딸의 편두통

엄마의 가슴은 아직도 두근두근

하연이가 퇴원하고 돌아온 후 집 안은 조용했다. 딸은 주로 방 안에 있었다. 나는 둘째와 셋째가 거실에서 TV를 보거나 블록을 갖고 놀다가 칼싸움이 벌어져 목소리가 커지면 이따금 나가서 작게 말하라고 하는 것 외에는 침대에 누워 있었다.

설날 당일, 남편이 어머니 요양원에 갔다가 시댁 큰집과 친정에 들러 세배만 하고 오자고 했다. 하연이는 가고 싶지 않다고 했다. 나도 그랬다. 몸을 일으켜 옷을 입을 기력이 없었다. 그보다 가족들이 모인 자리에서 내 눈치를 볼 사람들, 괜찮으냐고 물어보면 왈칵 쏟아질 것 같은 눈물을 꾹 참고 아무렇지 않은 척할 수 있을지 자신이 없었다. 왜 그런 거냐는 나도 답하기 어려운 질문을 들어야 하는 상황을 감내하기도 힘들었다. 몸이 아프다고, 하연이를 돌봐야 한다고 말하며 남편과 아들 둘만 보냈다. 고맙게도 남편은 조용히 아이들을 데리고 명절 순회를 돌고 밤늦게 돌아왔다.

"혼자서 애들 데리고 우리 친정까지 다녀와줘서 고마워. 나도 갔다면 정말 힘들었을 거야."

"사실은 아이들과 요양원 1층 로비에서 영상으로라도 어머니께 세배하고 싶었어. 그런데 당신도 하연이도 없어서 못했어."

코로나로 요양원에 계신 어머님을 1년 가까이 뵙지 못했다. 4남매의 막내로 사랑을 많이 받고 자란 남편은 어머니에 대한 사랑이 남달랐다. 노모를 마음 깊이 사랑하는 아들은 행복한 가정의 모습을 보여드리는 게 가장 큰 효도라고 생각했다. 그런 남편이 어떻게 우리에게 생긴 일을 말할 수 있었을까.

각자의 일을 하며 일주일이 지났다. 일을 하다가도 갑자기 가슴이 답답해져 오면 크게 심호흡을 했다. 그것 말고는 괜찮았다. 어깨가 무거운 가방을 멘 것처럼 아프고 걸음걸이가 힘겨웠지만, 그래도 견딜 만했다. 하연이는 여전히 출근할 때 얼굴을 볼 수 없었고, 점심시간쯤 집에 전화를 하면 자고 있다고 했다. 오후쯤 일어나 챙겨놓은 점심을 먹고 그림을 그리거나 동생과 이야기를 한다거나 했다. 모두 둘째가 알려주었다.

똑똑. 퇴근 후 하연이 방문을 두드리고 3초를 센다. 그런 다음 문을 열면 컴퓨터를 하고 있던 하연이가 몸을 돌려 "다녀오셨어요?"라고 큰 소리로 인사하고 이내 컴퓨터로 시선을 돌린다.

하연이는 표현하는 것을 좋아한다. 무언가 떠오르는 게 있으면 그림이든 말이든 춤이든 형용해야 한다. 사람을 보면 끌어안는다. 노래는 큰 소리로 따라 부른다. 빠른 음악에는 몸을 흔들고, 개그 프로는 흉내를 낸다. 그중에서도 가장 좋아하는 것은 그림 그리기다. 그림을 그릴 수 있는 것이라면 보이는 족족 그린다. 컴퓨터, 휴대폰, 종이, 휴지, 창문 등. 수업시간에는 책 여백에, 시험 보는 날에는 시험지 뒷면을 캐릭터로 가득 채운다. 친구들과 떠들면서도 그림을 그리고, 걸어가면서도 그림을 그린다.

남들은 우울하고 괴롭다고 하는 코로나도 하연이에게는 문제가 되지 않았다. 오히려 그림 그리는 시간이 많아져서 좋아했다. 게임이나 동영상을 보는 게 아니라 좋아하는 그림을 그리려고 컴퓨터 앞에 오래 앉아 있는 것이니 그나마 괜찮다고 생각했다. 출근하면 아이들만 남아 있으니 막을 방법도 딱히 없었고.

하지만 점점 문제가 심각해졌다. 그림 그리는 것 외에는 먹지도 자지도 씻지도 않았다. 체크 리스트도 하게 하고, 야단도 쳐보고, 보상을 줘보기도 하고, 컴퓨터를 뺏어도 봤지만 소용없었다. 지키겠다고 약속을 하고는 하루도 지키지 못하는 상황에 나는 점점 화가 났고, 아이는 내 눈치를 보면서 점점 더 방으로 숨어들었다.

병원에서 돌아온 이후에도 이전과 달라진 건 딱히 없었다. 오히려 그날 이후로 어떤 방법도 통하지 않는다는 사실을 인정한 나는, 꼭 해야 할 일만 반복해서 짧게 확인했다.

"하연아, 저녁 뭐 먹을래?"

"김치찌개."

"내일 온라인 과외 있는 날인데 숙제는 했어?"

"아니. 할게요."

저녁을 먹은 후.

"숙제는 했어?"

"아니. 지금 들어가서 할게요."

밑의 두 아이를 씻겨 재우고 다시 하연이 방문을 두드린다.

"하연아, 숙제는 다 했어?"

"아니요. 지금 하려고 했어요."

결국 난 또 터지고 말았다.

"대체 엄마가 몇 번을 말해야 해? 엄마 여러 번 말하는 거 싫어하는 거 알지? 너희 세 명한테 세 번씩만 말해도 엄마는 아홉 번이야. 숙제한다고 했으면 해야지. 대답은 왜 해? 이렇게 엄마 잠들면 또 숙제 안 하고 밤새 컴퓨터 하다가 늦게 일어나서 결국 숙제 못 하고 수업할 거 아니야. 그럴 거면 하지 마."

"지금 할 거예요."

"빨리 해."

아이가 풀이 죽어 말하니 또 아차 싶었다. 자려고 누웠지만 심장이 조이듯 아파왔다. 심호흡을 크게 해도 나아지지 않는다. 아이가 또 불안해 하면 어떻게 하나, 나쁜 생각을 하면 어쩌나. 심장이 더 크게 뛰었다. 이대로 잠이 올 것 같지 않았다. 가슴을 꽉 눌렀다. 두근거림이 멈추지 않았다. 가슴을 쳐보기도 했지만 나아질 기미가 보이지 않았다.

아 머리아파, 에잇 그림이나 그리자

평화롭다가도 갑자기 시작되는 부모님과의 갈등에 지쳤다. 더 아플 것도 없다고 생각했다. 스트레스로 편두통은 심해지고, 심장은 빨리 뛰었다. 세상 모든 것들이 날 짓누르는 듯해 답답했다.

집은 전쟁터다. 어린 나만 홀로 무기도 없이 적진에 나와 있다. 내 편은 아무도 없다. 어느 날은 엄마 아빠가 날 돌보는 데 지쳤다며 나가라는 폭탄을 던진다. 동생들은 혼이 나서 우는 내 모습을 보고 비웃으며 따라 한다. 나보다 한참이나 어린 동생들이 너무나 얄밉다.

우리 집이 늘 이런 것은 아니다. 평소에는 이상하리만치 평화롭고 행복하다. 그런데 왜 이럴까. 같은 사람들이 맞나. 집이 무섭다.

가족들과 잘 지내다가도 마음속 깊은 상처가 떠오르면 우울하다. 과호흡이 온다. 하지만 그렇다고 말할 수 없다. 남들에게 말해도 믿지 않을 게 뻔하다. 우리 가족은 최고의 가족이니까.

스트레스로 인한 폭식으로 배가 아파도 말할 수 없다. 잠을 자려고 눈을 감으면 환청이 들린다. 하지만 그렇다고 말할 수 없다. 아, 내 편은 없구나. 죽고 싶다. 변하지 않고 날 행복하게 해주던 것이 떠올랐다. 무너져가는 세상을 메워준 선. 날 감싸준 것은 엄마도 아빠도 아닌 그림이었다. 창문을 향해 뻗었던 손을 거둬 그림을 그렸다. 이것이 열여섯 살 내가 살아가는 방법이다.

퇴원 후 집은 조용했다. 마음은 여전히 우울했지만, 잔소리가 없으니 살 것 같다. 할 일이 있지만 그림을 그렸다. 노트북에서 나오는 불빛만 바라보며 바삐 손을 움직이고 있던 찰나, 벌컥 문이 열린다. 아, 엄마다.

"숙제는 했어?"

벌써 세 번째. 나는 죽었다.

"너 왜 자꾸 엄마를 실망시키니? 엄마 정말 속상해. 대체 왜 그러는 거야? 할 일은 해야 할 거 아니야!"

잔소리 폭탄이 또 떨어진다. 내가 잘못했으니 변명도 못 한다. 전장에서 적을 맞닥뜨린 나는 무기가 없다. 최대한 적의 눈치를 봐가며 시선을 굴린다. 엄마의 심기를 거스르지 않을 법한 시선 처리를 열심히 찾아본다. 바닥을 보면 엄마 봐라, 눈을 보면 뭘 잘했다고 똑바로 쳐다보냐가 나오겠지. 온갖 시뮬레이션을 돌린 후 엄마의 인중을 바라본다. 안정적인 포커스를 찾았다. 그렇게 인중과 인사하다 보니 전쟁 같은 잔소리가 끝이 나고 적은 후퇴했다.

 몇 분을 멍하니 있다가 숙제를 펼쳤다. 머리가 띵하다. 이 놈의 편두통이 또 말썽이다. 에잇, 모르겠다. 그림이나 그리자.

똑똑, 엄마가 미안해
똑똑, 엄마가 왜 또 왔지?

너를 위한다는 포장은 이제 그만

자리에서 일어나 다시 하연이 방으로 갔다. 잘못한 걸 알면서도 계속 그러는 것은 고의다. 무의식적인 반응에 제동을 걸고 즉각 말해줘야 한다. 그건 아이를 망치는 일이야. 딸을 사랑하잖아. 그러니 아이가 또 상처받고, 상처가 흉터로 남기 전에 움직여야 한다.

똑똑. 문을 두드리고 3초를 센다. 3초는 아이와 싸움을 줄이기 위한 나만의 방법이다. 곧 들어갈 테니 엄마가 싫어할 행동을 하고 있다면 멈추라는 신호다. 처음엔 5초를 생각했지만, 5초는 생각보다 길었고 3초면 충분했다. 바쁠 때는 똑똑과 동시에 하나, 둘, 셋 하면서 문을 열었지만 이날은 최대한 길게 기다렸다. 1, 2, 3…….

문을 열고 아이가 앉아 있는 의자 가까이 갔다. 평소라면 책상을 빠르게 스캔했을 것이다. 숙제는 하고 있었는지, 얼마나 했는지, 컴퓨터나 휴대폰을 한 것은 아닌지. 하지만 이날은 그러지 않기로 했다.

"하연아."

이름을 부르니 딸이 몸을 돌려 올려다본다.

"엄마가 소리 질러서 미안해. 속상했지."

하연이가 벌떡 일어나 나의 목을 끌어안았다.

"엄마, 나도 미안해요."

이건 뭐지? 고개를 푹 숙인 아이를 한참 동안 다독여줘야할 것이라 생각했는데. 갑작스런 아이의 행동이 당황스럽다가도 다행이다 싶어 눈물이 났다. 등을 토닥여주고 그렇게 한참을 있었다. 아이도 엄마를 화나게 하고서 마음이 좋지 않았나 보다. 사과하러 오길 잘했다는 생각이 들었다. 가슴의 통증도 옅어지고 빠르게 뛰던 심장도 어느새 괜찮아졌다. 하연이 방 침대에 나란히 걸터 앉았다.

"엄마가 화내서 무서웠지?"

"응. 심장 뛰었어."

"엄마도 화 안내고 싶은데 말하다 보면 자꾸 화가 나고 나쁜 말을 하게 돼."

"응, 나도 잘하고 싶어. 나는 왜 이렇게 즉흥적이지? 계획을 세우고 기억해서 하는 게 너무 힘들어. 뭘 하려다가도 다른 생각이 나고, 눈에 다른 게 보이면 앞에 하던 건 다 까먹고 그 일을 하고 있어."

"엄마도 그래."

"에이. 엄마는 계획한 대로 척척 잘하고, 일도 잘하잖아. 일도 많은데 전부 다 하고."

"아니야. 엄마도 자주 깜빡깜빡하고, 하고 싶은 거 하다가 해야 할 일 놓치고 그래. 봐, 집 정리도 만날 못해서 지저분하잖아."

"그래?"

"그럼. 엄마도 적어놓고 알람 맞춰놓고 그래. 그래도 계속 깜빡깜빡해."

"그렇구나. 나는 나만 그런 줄 알았지."

"너는 안 그랬음 했는데. 엄마 닮았나 봐."

"엄마 나가고 머리가 아팠어. 요즘 편두통이 심해. 눈이 빠질 것 같고, 누가 내 머리를 망치로 때리는 것 같아. 열도 나는 것 같고. 그런데 아프다고 말하면, 엄마랑 아빠는 컴퓨터 오래 해서 그렇다고 그러고, 잠 안 자서 그렇다고 그러고. 그래서 말도 못했어. 얼마 전에 부산 친한 언니가 젖은 수건을 머리에 올려놓으면 괜찮다고 해서 그렇게 해봤더니 조금 낫더라고."

딸애의 눈이 갑자기 빨개지면서 눈물이 흐른다. 어른도 아프면 서러운데 아이가 얼마나 힘들었을까.

"그랬구나. 몰랐어."

손으로 얼굴을 감싸 눈물을 닦아주었다. 손바닥에 닿은 아이의 볼이 폭신했다.

"엄마도 어렸을 때 신경성 두통이 심했어. 엄마도 아팠으면서 네가 아픈 건 왜 몰라줬을까. 혼자서 정말 서러웠겠다. 내일 병원에 가볼까?"

"지금은 괜찮아. 다시 아프면 말할게."

아이의 말을 그대로 듣지 못했다. 분명 이유가 있었을 텐데 내가 정한 이유만 옳았다. 요즘 아이에게 가장 많이 한 말은 '~했어?'였다. 숙제했어? 밥 먹었어? 준비물 챙겼어?

아이가 초등학생 시절 받아쓰기 노트에 선생님이 찍어주던 '참 잘했어요' 도장이 생각났다. 그 '참 잘했어요' 도장을 받고 싶어 아이는 또박또박 빈칸을 잘도 채웠다. 그런 딸에게 나는 어떤 말 도장을 찍어주고 있었을까? 아이를 다그치며 '안 돼' '못해'라는 말 도장을 계속 찍어주고 있었던 건 아닐까? 아이가 받고 싶은 말 도장은 따로 있었을 텐데. 사랑해. 자랑스러워. 참 잘했어. 내 딸이라 기뻐.

물론 단번에 바뀌지는 않을 것이다. 앞으로도 나는 아이에게 몇 번이고 더 화를 내겠지. 그럴 때 내 잘못이면 인정하고 미안하다고 말하자. "너를 위해 그러는 거야"라는 말로 포장하지 말자. 있는 그대로 아이를 받아들이고 인정해주자. 내 마음속에 있는 말을 그대로 주자. 그 말 자체로 아이가 반짝반짝 빛나도록.

이제야 알아서 미안해, 딸.

엄마, 나도 미안하긴 한데

머리로는 숙제를 해야지 생각하고 있는데, 휴대폰에서 손이 떨어지지 않는다. 겨우겨우 휴대폰을 내려놓고 숙제를 하려고 펼쳤는데 휴대폰 불빛이 반짝거린다. 나도 모르게 시선이 간다. 단톡방이다. 친구들이 대화 중이다. 내가 빠질 수 없지. 어느새 휴대폰을 손에 쥐고 노래를 흥얼거린다.

그런데 그때, 똑똑, 소리가 들린다. 망했다. 엄마다. 아니 왜 또 오신 거야? 엄마는 내가 숙제하는 걸로 알 텐데 내 손에 들린 것은 휴대폰이다. 급히 휴대폰을 내려두고 펜을 집어든다. 오 마이 갓! 태블릿 펜이잖아! 펜을 바꿀 틈도 없이 엄마가 들어온다.

"하연아."

아련하게 내 이름을 부르는 엄마의 눈치를 보며 손을 뒤로 뻗는다. 뭐라도 잡혀라, 뭐라도 잡혀라.

"응? 왜?"

세상에, 운도 없지! 이번엔 다 쓴 볼펜 깍지였다. 엄마가 책상 가까이 온다. 잠깐. 내가 휴대폰을 꺼뒀던가? 시선을 데구루루 굴려 뒤를 바라보니 눈치도 없이 밝게 빛나는 휴대폰이 보인다.

"……하연아, 엄마가 미안해."

잠깐, 잠깐. 엄마 울어? 아니, 지금 상황은 내가 더 미안한데. 나 폰 하고 있었는데. 양심에 찔리지만 일단 내가 사는 게 먼저니까 엄마를 안아주면서 까치발을 들어 엄마의 시야를 방해한다. 휴대폰이 보이지 않을 정도로 절묘하게 가려졌다. 완벽하다.

"엄마, 내가 더 미안해."

엄마가 운다. 한참을 아무 말 없이 엄마를 안아주다가 침대에 나란히 앉았다. 엄마의 얼굴이 유난히 어린아이 같았다.

우리 얘기 좀 할까?
우리 화해할까요?

대화하는 법을 배우면 될까?

그렇게 침대에 나란히 앉은 채로 우리는 자연스럽게 이야기를 나누었다.

"엄마가 요즘 사춘기 관련 공부를 하고 있어. 책도 찾아보고 검색도 해봤어. 그런데 어른들이 쓴 것만 있더라. 그게 진짜 사춘기 아이들 마음일까?"

"무슨 얘기가 있는데."

"음, 일단 청소년 자해 놀이가 유행이라는 기사를 봤어. 자살 사이트나 영상 때문에 유행처럼 번져서 쉽게 따라 하고 과시하듯 그러는 거라고. 요즘 다들 너무 곱게 자라다 보니 마음이 약해서 그런 거라고. 사실 엄마도 어느 정도는 그럴 수 있겠다 싶었어.”

“그런 거 보면 진짜 화나. 그게 어떻게 놀이야? 정말 죽고 싶어서 그러는 건데.”

“응. 어떻게 그게 놀이냐고, 아무도 말 안 들어주니까 힘들어서 그러는 거 아니냐며 자살도 유행이라고 할 거냐는 댓글도 봤어. 아이들이 그런 댓글 남긴 거 보고 조금 놀랐어.”

“왜?”

“아이들 진짜 마음은 댓글에 있구나. 엄마도 어른들 말만 듣고 정작 너희 말은 안 들었구나, 그런 생각이 들어서. 근데 손목 그으면 아프지 않아? 아픈 건 싫잖아. 그런데 왜 그러는 거야?”

“어른들은 말 안 들어주니까. 답답하고 미칠 것 같으니까. 그렇게라도 해야 좀 견딜 것 같으니까. 처음에는 무서워서 흉내만 내. 그러다 샤프 같은 걸로 조금씩 그어보는 거지. 그러면서 점점 세지는 거야. 너무 힘들다고, 나 좀 봐달라고. 그런데 어른들은 놀이라고 하니까 더 미치는 거지.”

“그런데 애들이 말 잘 안 하려고 하잖아. 엄마 친구도 아들이 사춘기 되고 나더니 물어봐도 대답도 안 하고, 문 쾅 닫고 들어가버려서 속상하다던데. 《사춘기 아이와 대화하는 법》이란 책 있더라. 그런 책 보고 대화하는 법을 배우면 같이 이야기할 수 있을까?"

"화가 나서 그러는 거지. 엄마들도 화나서 화내는 거잖아. 소리 지르고 막말하고. 그런데 애들이 소리 지르면 반항한다 그러고. 같이 화내고 싸운 건데, 그러면 화해를 먼저 해야지. 기분 나쁘고 아직 마음이 풀어지지도 않았는데 말이 하고 싶겠어?"

"아, 화해. 화해를 먼저 해야 하는 거구나. 그렇게 생각해본 적이 없어서. 그러고 보니 그렇네. 너는 지금 이렇게 엄마랑 대화하고 있으니, 우리는 화해한 건가?"

"엄마가 나한테 사과했잖아. 엄마가 진심으로 사과했으니까 나도 그런 거고. 그러니까 마음이 풀려서 말이 하고 싶은 거지. 엄마한테 하고 싶은 말이 진짜 많아. 그런데 잘 들어주지도 않고, 만날 화만 내니까 친구들이랑 자꾸 떠드는 거지. 애들이랑 말하다 보면 엄마 아빠 욕 진짜 많이 해. 진짜 욕. 나는 그래도 엄마 싫다고, 화난다고 말은 해도 애들이 하는 것처럼 욕은 안 했어."

"고맙네. 다른 엄마들한테도 네가 한 말 전해주고 싶다. 너희들 속마음 진짜 궁금하거든. 책으로 쓰면 어떨까? 사춘기 속마음, 사춘기 아이랑 화해하는 법, 뭐 이런 거."

"글쎄, 나는 애들이랑 관심사가 달라서. 내 얘기가 사춘기 아이들의 속마음이라고 할 수 있을까?"

"어떻게 다른데?"

"보통은 연예인, 남자친구, 화장에 관심 많지. 나는 그런 데 별로 관심 없어. 다른 애들은 집에서 반항도 엄청 심해. 장난 아니야. 나는 반항도 못 하는 편이고."

"부모님과 사이좋은 아이는 없어? 아니면 좋아졌거나."

"없어. 좋아진 것 같아도 좋아진 척하는 거지. 엄마가 슬퍼하니까 그냥 좋아진 것처럼 적당히 말하고 지내는 거래."

"그럼 슬프겠다."

"다 그래."

좋아진 척한다라. 부모만 참고 있는 게 아니라 아이들도 부모를 참아주고 있는 거구나. 아이의 입장에서 생각해본 적 없었다.

사춘기에는 전두엽에 대공사가 일어난다. 예를 들면 이런 거다. 확장 공사를 하고 있는 집이 있다. 자재들이 바닥 여기저기 깔려 있고, 벽에는 온갖 전선들이 연결될 다른 선을 기다리며 빠져나와 있다. 먼지들이 자욱하게 일며 발자국을 남기고, 벽을 두드리는 망치 소리가 쉬지 않고 울려 퍼진다. 완성된 집만 보다가 까뒤집어진 공사장을 보면 정신이 없고 불편하다.

사춘기의 뇌는 이렇게 확장 공사를 하고 있는 집과 같다. 지금까지의 경험, 생각들이 쏟아져나와 공사판처럼 엉망진창일 수밖에 없는데, 나는 그 난장판을 보고 넘겨주질 못했다. 너저분해서 어지러운 상황을 참지 못하고 소리를 질렀다. 어른이 되어가는 과정에서 여러 혼란이 제자리를 찾고, 끊어진 경험과 감정이 다시 연결되는 시간이 필요한데, 완성된 모습만 바라보려는 욕심만 가득했다.

자녀들을 인격적으로 대한다고 말하면서도 내가 원하는 모습을 강요하고, 거기에 따르지 않는다고 화를 내고 있었다. 어느새 훌쩍 큰 아이는 자신을 존중해주지 않는 부모와 동등한 관계를 원하며 싸우고 있었다. 그걸 권위에 대한 도전으로 받아들인 부모도 같이 싸우고 있고. 물론 싸울 수는 있다. 비 온 뒤에 땅이 굳어진다고, 그러면서 사이가 더 단단해질 수도 있는 법이니까.

하지만 우린 싸울 줄만 알았지 화해할 줄은 몰랐다. 그저 어른이란 이유로 아이가 먼저 굽히고 들어오길 원했다. 아이는 아이대로 어른인 부모가 먼저 아량을 베풀어주길 원했을지도 모른다. 싸우면 화해해야 한다는 것은 유치원에서도 가르쳐주는 건데, 정작 어른인 내가 유치원생만도 못했다.

화해가 먼저야

늦은 밤, 현관문 가장 가까이 자리 잡은 내 방의 불은 꺼지지 않는다. 엄마랑 나는 침대에 나란히 앉아 계속 얘기 중이다. 엄마랑 이야기를 하다 보니 모르던 사실을 많이 알게 되었다. 엄마는, 어른들은 그렇게 생각하고 있구나.

"《사춘기 아이와 대화하는 법》이란 책 있던데, 그런 책을 보고 나면 서로 대화할 수 있을까?"

"우리는 화가 난 거야. 엄마도 화가 났고. 그러니 서로 사과를 하고 화해를 먼저 해야지."

나는 엄마에게 화해의 중요성을 설명했고, 엄마는 귀 기울여주었다. 그렇게 한참 대화가 이어지다가 엄마의 입에서 생각지도 못한 말이 나왔다.

"네가 하는 말들을 책으로 쓰면 어떨까?"

고민이 되었다. 다른 아이들과는 많이 다른 나의 이야기가 도움이 될까? 고민하던 것도 잠시, 나는 한번 해보기로 했다. 내 나름대로 하고 싶은 이야기가 있었기 때문이다. 내 말이 정답은 아니겠지만, 어른들에게 이런 말을 해주고 싶었다.

자녀와 싸우고 나서 어설프게 대화를 시도하면 더 큰 싸움이 되기 일쑤라는 것. 대화 전에 꼭 해야 할 게 있다는 것. 사이가 좋지 않은 부모와 자식 간에 가장 먼저 해야 할 일은 화해다. 부모님들은 이 부분을 쉽게 간과한다.

엄마 아빠들은 불화가 생기면 대화부터 하려고 든다. 하지만 우리에게 필요한 것은 진정성 담긴 사과다. 물론 우리가 먼저 사과할 수도 있다. 그런데 부모님이 원하는 건 사과가 아니라 잘못했다고, 부모님 말씀 잘 듣겠다는 고개 숙임이다. 그러니 사과하는 것이 어려울 수밖에. 우리도 우리 생각이 있는데, 그거 다 잘못이라고 용서를 빌라고 하면 억울하지 않을까?

물론 부모님들이라고 해서 다를 건 없다. 부모님들도 사과하는 것을 매우 어려워한다. 무의식중에 자식을 동등하게 대우해줘야 할 사람이 아닌 제 밑에 있는 사람으로 보기 때문이다. 그런 사람한테 사과를 한다고? 매우 어려운 일이다. 단순히 부모 자식 간에만 해당되는 이야기가 아니다. 학교에서도 집에서도 선후배, 형제자매 사이에서도 손윗사람이 손아랫사람에게 진심을 담아 사과하는 일은 굉장히 어렵다. 하물며 한참 어린 자식이라면, 그것도 자기 책임하에 키우고 있는 자식이라면 말해 무엇 할까.

그래서 내게 먼저 사과의 말을 건네준 엄마가 정말정말 고마웠다. 대화를 하기 위해서는 이런 사과할 용기가 필요하다.

그 때문에 오늘 이 밤, 엄마와 내가 이토록 길게 이야기를 하고 있는 것이다. 사과의 한마디가, 그 용기가 부모와 자식 사이를 송두리째 바꿔놓을 수 있다.

방문 안 너만의 세상
길 건너편 우리들 세상

마치 이상한 나라의 앨리스 같아

나는 간혹 하연이가 이상한 나라의 앨리스 같다는 생각을 한다. 하연이의 방 안은 '이상한 나라', 하연이는 거기 사는 '앨리스'. 그 이상한 나라의 문은 화장실 갈 때와 밥 먹을 때만 열린다. 어쩌다 문을 열면 컴퓨터 안 사람들이 내게 인사도 한다. "안녕하세요." 초등학생부터 성인까지 연령도 다양하다. 마치 〈토이 스토리〉의 인형처럼 모두 잠든 밤 12시에 활동을 시작한다. 대체 무슨 일이 벌어지고 있는 것일까? 나는 무척이나 궁금했다.

"일찍 자고 일찍 일어나서 하면 안 돼?"

"학원 갔다 오고 하면 11시가 넘어. 씻고 책상에 앉으면 12시야. 그때부터가 본격적인 시작이라고. 저녁에 들어가면 아무도 없어. 일찍 일어나도 5시면 다 나간단 말이야."

"그럼 날 새고 학교 가야 하는데 어떻게 생각해?"

"잠을 줄이는 거지. 주말에 몰아서 자고."

"현실 세상도 중요하지 않아? 이상한 나라의 앨리스 같아. 몸만 여기 있고, 진짜 너는 컴퓨터 속에 사는 것 같아. 잘 먹지도 않고, 몸도 잘 안 돌보고. 캐릭터를 가꾸느라 너를 잃어버리는 건 아닌지 걱정돼."

"말이 통하는 사람이 별로 없어. 친구들도 있긴 하지만 관심 분야가 다르니까 깊이 대화하기 힘들 때가 있어. 여기서 만나는 사람들은 나이도 성별도 자기 이름도 없어. 사는 지역도 알 필요 없고. 그저 관심이 같은 사람들이 모여서 그림 그리고 대화하는 거야."

"돈도 벌잖아. 그건 뭐 하는 거야? 요즘 용돈 달란 소리도 안 하고."

"서로 그림을 주문해. 캐릭터로 쓰기도 하고, 배경화면으로도 써. 금액에 따라 퀄리티도 달라. 지난주에는 10만 원 벌었어. 프로젝트 팀도 모아. 성우, 대본, 그림 나눠서 팀을 모으고 오디션을 거쳐 선발되면 협업해서 만들어내는 거야. 지난주에 좋아하는 사람이 팀을 모아서 오디션 봤는데, 됐어. 정말 좋아. 그런데 마감일이 너무 빨라. 아직 하나도 못했는데. 혼자 시간을 놓치면 팀 작업이 다 깨져."

"친구들도 이렇게 해?"

"응, 하는 사람들은. 글 쓰는 걸 좋아하는 시은이는 블로그에 소설 올려. 구독자도 많고. 현아는 나처럼 그림 그려서 유튜브에 올려. 나보다 늦게 시작했는데 커미션은 더 많이 받아. 시은이랑은 가끔 콜라보도 해. 시은이가 글 쓰고 나는 그림 그리는 거지."

"시은이는 소설가가 꿈인가?"

"문예창작과가 있는 고등학교가 있대. 거기 가려고 열심히 글 쓰는 거야."

"신예는?"

"신예는 타투이스트가 꿈인데, 그거 하려면 의사 면허가 있어야 한대. 그래서 의대 간다고 준비 중이야. 스터디카페도 끊었어."

"부모님은 좋아하시겠네."

"응. 타투이스트는 말했다가 무슨 말도 안 되는 소리냐고 혼났대. 그래서 그냥 의사 될 거라고 말한대."

"의사 되려면 공부 많이 해야 하는데, 공부는 열심히 해?"

"아니."

밤이 더 깊어지니 피곤했다. 침대에 누웠다. 하연이도 다람쥐처럼 폴짝 뛰어 내 옆에 누웠다. 옆으로 돌아누워 내 가슴을 끌어안고 다리를 내 배 위에 올리고 올려다보며 씩 웃는 하연이 모습이 강아지 같아 머리카락을 넘겨주었다.

"나 지난주에 부산 갔다왔잖아."

"그랬지. 너 혼자 부산 간다고 해서 엄마가 많이 고민했지."

"나는 엄마가 그 자리에서 안 된다고 할 줄 알았는데, 생각해본다고 해서 엄청 고마웠어."

"안 된다고 하고 싶었어. 그런데 네가 기차표도 알아보고, 표 값도 다 준비해뒀다고 하니 말릴 수가 있나. 상담 선생님도 보내주면 어떻겠냐고 하시고."

"역시 상담 쌤. 나도 깜짝 놀랐어. 아는 언니가 힘들어해서 부산 갈 기차 값을 모아야 하니까 커미션 하실 분 먼저 신청해달라고 트위터에 올렸거든. 신청이 막 들어오는 거야. 도와준다고 그냥 보내준 사람도 있고. 그래서 15만 원 모았어. 대박이지. 그 언니도 내가 힘들 때 친언니처럼 위로해줬거든. 머리 아플 때 물수건 올리면 된다고 말해준 사람이 그 언니야."

"그 언니는 뭐가 힘들대?"

"엄마 아빠가 자꾸 때리고, 말도 안 들어주고 그런대. 네가 뭐가 힘드냐고, 요즘 애들은 편하고 잘해주니까 약해빠졌다고. 언니는 그림 그리고 싶어 하는데, 그림은 그려서 뭐 하냐고, 매일 학원 가라고 그러시나 봐. 힘든 거 내색 안 하고 항상 나 웃겨주던 사람인데, 그날은 너무 힘들어서 약을 많이 사놓고 마지막으로 전화를 했다는 거야. 친언니 같은 사람인데 어떻게 그냥 있어. 내가 갈 테니까 기다리라고 했지."

"너 그날은 6시에 번쩍 일어나더라."

"할 일이 있으면 또 하지."

하연이가 엄지와 검지를 펴서 턱에 대고 의기양양한 표정을 짓는다.

"지금은 괜찮대?"

"그냥 엄마 아빠 무시하고 살기로 했대."

"엄마도 사춘기 지나와서 그 마음 잘 알 거라고 생각했는데, 또 모르겠네."

"엄마, 우리들 세상은 길 건너편에 있어."

"길 건너편?"

"눈으로야 다 보이니까 어른들은 다 안다고 생각하지. 그런데 완전 다른 세상이야. 다른 규칙과 생각으로 살고 있다고."

"눈에 보이지만 다른 세상이라. 그렇게 말하니 좀 이해가 될 것도 같고."

"우리는 여기서 우리만의 방법으로 길을 찾고 있어. 어른들은 이 방법이 맞으니까 빨리 건너오라고 손짓해. 그 말을 따라 건너려다 차에 치이고 사고가 나는 거지."

머릿속에 대강 그림이 그려진다. 8차선 도로를 중심으로 두 개의 세상이 보인다. 왼쪽에는 아이들이 분주하게 오가고, 오른쪽에는 어른들이 마치 마라톤 경기를 보기 위해 모인 것처럼 안전 턱 위에 오밀조밀 모여 있다. 그러고는 건너편에 있는 아이들에게 끊임없이 손짓을 한다.

"학원 가야지. 거기가 아니야. 지금 열심히 공부해야 나중에 고생을 안 해. 엄마 아빠가 이미 다 해봤어."

빨리 와. 빨리 해. 빨리빨리.

부모의 목소리에 이리저리 끌려 다니다 길을 잃고 도로 위에 멍하니 서 있는 아이들이 보인다. 그러다 들려오는 하연이의 목소리에 다시 현실로 돌아온다.

"엄마, 부산 택시 기사님은 운전 진짜 잘하시더라. 기차 시간이 10분도 안 남았는데, 네비에서 18분 걸린다고 하는 거야. 아저씨, 저 5시 기차 타야 해요, 했더니 꽉 잡아 그러시고는 골목길을 요리조리 달리시더니 8분 만에 도착하는 거 있지. 그래서 기가 막히게 기차 탔어. 짱이지."

내 길을 찾는 건 나의 몫이에요

가끔 친구네 부모님이 이렇게 물어올 때가 있다.

"저기, 우리 애한테 무슨 일 있니? 요새 엄마랑 이야기를 잘 안 하려고 해서. 사춘기라서 그런가? 혹시 왜 그러는지 아니?"

그럴 경우 뭐 이러저러해서 그런 것 같아요, 라고 내 생각을 정리해서 말씀 드리긴 하는데 막상 친구 부모님의 반응은 뜨하다. 뭐 그런 걸로 그러느냐, 엄마 아빠가 충분히 잘해주고 있는데 뭐가 부족한지 모르겠다는 식의 의아함이 돌아오는 느낌? 그러면서 "그래, 이해했어. 고마워. 잘 이야기해볼게"라고 하시는데, 또 친구들의 이야기를 들어보면 진짜 이해하신 건지 의문이 들 때가 많다.

결국 자기 아이의 생각이 궁금해서 아이 친구한테 물어봤지만 본인들 시선에 맞추어 재단하는 건 별반 다를 바 없다는 이야기다. "사춘기 너네만 겪냐? 엄마 아빠도 다 지나왔어"라는 잔소리는 덤이다. 우리 엄마도 비슷한 소리를 하지 않는가.

"사춘기는 엄마도 지나와서 그 마음을 알 거라고 생각했는데, 또 모르겠어."

본인들이 지나온 길. 그것이 부모님들이 아이들의 사춘기를 바라보는 시선이다.

정말 사춘기 자녀에게 다가가고 싶은가? 아니, 사춘기 자녀에게만 해당되는 이야기는 아닐 것이다. 정말로 자식들을 이해하고 자식들에게 다가가길 원한다면 생각을 바꾸면 좋겠다. 우리를 자신이 걸어온 길에 있는 사람, 자신보다 훨씬 부족해서 말이 통하지 않는 사람으로 생각하고 말해버리면, 그 마음은 고스란히 우리에게 전달된다. 그러면 우리는 "엄마 아빠가 뭘 알아?" 하면서 입을 닫아버리는 수밖에 없다.

우리는 어른들과 완전히 다른 세계에서 살고 있다. 얼핏 보면 같아 보이지만 전혀 다른 세계다. 우리는 학교에서 새로운 것을 배운다. 그렇듯이 어른들도 우리들 세상을 공부하면 좋겠다. 다른 세계에 있는 사람과 만난다고 생각하면서. 우리가 사는 세상은 어른들에게는 낯선 것, 새로운 것이다. 우리보고는 배움을 멈추면 안 된다고 하면서 어른들은 왜 배우려고 하지 않는 걸까?

그래서 대체 뭐가 다르냐고? 세대가 너무 변했다. 감정의 격함, 무기력 같은 심정적 변화를 겪는 것은 비슷해 보일 수 있다. 하지만 주변에서 영향을 주는 요소들이 너무도 다르다. 어른들 눈에는 자기들이 지나온 길을 우리도 걷는 것처럼 보이겠지만, 아니다. 그 길은 이제 다르다. 길의 재질도, 길을 둘러싸고 있는 울타리도, 길에 생긴 구덩이도, 길에 있는 사물도 사람도 모든 것이 변했다. 그걸 왜 몰라줄까?

현재의 우리와 부모님 사이에는 도로 하나만큼의 간격이 있다. 서로의 시선에 각자의 길이 훤히 보여도 그 길에 어떤 장애물이 있을지는, 무엇이 나를 힘들게 할지는 겪는 사람만이 알 수 있다. 우리는 우리의 세상에서 직접 겪으면서 우리만의 방법으로 길을 찾고 있다. 그런 우리에게 길 건너편 어른들이 소리친다.

"그렇게 가는 거 아니야! 이쪽으로 가야지! 어서 이리로 건너와! 언제까지 어린애처럼 굴 거니!"

마구잡이로 길을 안내하거나 도로를 뚫고 자신들 쪽으로 올 것을 재촉한다. 우리가 건너갈 횡단보도도 만들어놓지 않았으면서. 그런 상황에서 우리는 선택을 해야 하는 것이다. 건너가지 않으려고 반항하거나 무리하게 건너다 사고가 나거나.

변해버린 세상에서 길을 찾는 일은 너무 어렵다. 장애물이라도 만나 넘어지면 저 멀리 건너편에 있는 부모님의 눈치가 보인다. 어디선가 잔소리가 들려오는 것 같다.

"거 봐, 내가 그럴 거라고 했지!"

근데 넘어지면 좀 어때서? 그 길이 아니면 돌아가면 되지. 넘어져봐야 다른 길도 보이는 거 아닌가? 결국 우리의 세상에서 길을 찾아야 하는 건 다름 아닌 바로 우리다. 그러니 기다려주시면 좋겠다. 다른 세계에서 열심히 길을 찾아가고 있는 우리를 응원하고 기다려주는 일이 소통의 첫걸음이 아닐까?

길을 만들어주고 싶었어
가고 싶은 길을 갈래

길이 넓으면 좀 더 쉽지 않을까?

"입시 학원 다니는 거 힘들어?"

"응. 재미없어."

"그림 그리는 거 좋아하잖아."

"처음에는 재밌었는데, 계속 같은 것만 그리라고 해서. 네 시간 동안 앉아서 같은 물건을 계속 쳐다보고 검은색 선을 긋다 보면 정신이 나가는 것 같아. 머리가 너무 아파. 허리도 아프고."

"어떤 게 제일 힘들어?"

"다른 애들은 구도도 잘 잡고 잘 그리는데, 나만 못하는 것 같아. 거기 있으면 자존감이 막 떨어져."

"너는 이제 시작한 거잖아."

"다른 애들도 시작한 지 얼마 안 됐어."

"그래도 선생님이 잘한다고 하시던데?"

"그냥 엄마한테 하는 소리겠지. 하라는 대로 그리기는 하는데 머릿속으로는 딴 생각을 해. 캐릭터가 떠오르고 그걸 그리고 싶어 미치겠어. 학원 차 타고 오면서 애들은 소묘 잘하는 법 같은 영상을 보더라고. 나 혼자 웹툰 보고 있어. 애들은 재미있나 봐. 나는 아닌데."

그림을 그릴 때면 눈이 반짝반짝 빛나던 아이였다. 하루 종일 캐릭터를 그리며 노트를 갈아치웠다. 스프링 노트가 사과 박스 하나를 가득 채울 때쯤 채색을 하기 시작했다. 색연필, 마카, 파스텔, 오일 파스텔, 물감 등의 사용법을 인터넷으로 검색해가며 색을 입혔다. 색칠 도구에 따라 질감이 달리 나타나는 게 신기했다. 하연이는 새로운 그림을 완성하고 나면 방에서 엄마를 부르며 뛰쳐나오곤 했다.

"이것 봐, 신기하지? 이건 오일 파스텔로 그린 거야. 오일 파스텔은 크레파스같이 생겼는데 느낌이 달라. 필감이 부드럽고 좋아. 물감처럼 색이 섞여. 신기하지? 이런 거친 느낌도 좋지 않아?"

"색이 정말 예쁘네. 어떻게 이런 색이 나오지? 엄마도 그려

보고 싶다."

"내가 가르쳐줄게."

마치 미술관의 큐레이터가 된 것처럼 그림 해설을 해주고 엄마의 칭찬을 듣고 나면 뿌듯한 듯 방으로 돌아가 다시 구부정한 자세로 자신만의 세계에 집중했다. 딸이 좋아하는 그림을 실컷 그릴 수 있는 환경을 만들어주고 싶었다.

어릴 적에 나는 피아노를 배우고 싶었다. 피아노 학원에 다니는 친구들이 무척이나 부러웠다. 멋진 이층집에 사는 친구네에 놀러 간 날이 생각난다. 친구가 무거운 피아노 의자를 빼니 드르륵 소리가 났다. 피아노 뚜껑을 열고 악보대를 여는 모습은 또 얼마나 멋져 보이던지. 체르니 30번 악보집을 펼쳐 악보대에 걸쳐놓고, 넘어가지 않게 다른 책으로 받치는 모습이라니!

빨간 천을 세 번 말아 접어 피아노 상단 위에 올려놓으면 거만해 보이는 하얗고 검은 건반이 드러난다. 친구는 의자를 당겨 앉고, 두 손을 건반 위에 얹은 후 숨을 크게 쉬고 잠깐 멈춘다. 눈 깜빡일 새도 없이 춤추듯 손가락이 움직인다. 그 소리가 어찌나 예쁘던지, 나는 내가 천국에 있는 것만 같았다. 연주가 끝나고 친구가 나에게 의자에 앉으라며 손짓했다.

나란히 앉아 건반을 두드려 보았다. 손가락이 유독 긴 나는 엄지와 검지를 쭉 펼치면 도에서 다음 음계의 파까지 거뜬히 닿았다. 친구는 나를 부러워했다.

"와, 좋겠다. 나는 아무리 펼쳐도 레까지밖에 닿지 않아서. 네가 피아노를 배웠으면 정말 잘했을 텐데."

나는 어깨만 으쓱할 뿐이었다. 피아니스트가 되어 무대에서 혼신의 힘을 다하는 모습을 상상하며 수줍어했다.

나는 또 미술 시간을 좋아했다. 중학생 때 미술 시간에 구리로 만든 별 모양 장식이 아직도 기억에 생생하다.

피아노도 미술도 좋아했지만 아무것도 제대로 배워본 적 없었던 나는 결국 성적에 맞춰 유아교육과에 들어갔다. 유치원 선생님을 하려면 그림도 그릴 줄 알아야 하고, 피아노도 칠 줄 알아야 한다. 그나마 내가 좋아하는 일을 할 수 있는 직업을 찾은 셈이다.

대학에 다니며 피아노 학원에 등록했다. 바이엘 책을 들고 학원에 가서 초등학생처럼 피아노 배우는 게 참 좋았다. 체르니를 배울 때는 말로만 듣던 체르니에 들어가는구나 싶어 삼격스러웠다. 손가락을 재빠르게 움직이며 자랑하듯 두드리는 하농도 할 수 있게 되었다.

유치원 선생님이 되어 유치원에서 아이들이 내 반주에 맞춰 동요를 부르면 작게나마 꿈을 이룬 것 같아 행복했다. 동극 수업을 위해 동물 가면을 만든다고 종이에 그림을 그리고 색칠하고 자르느라 밤을 새워도 마냥 좋았다. 어린 시절의 배움의 결핍은 성인이 되어 무언가를 계속 배우는 일로 이어졌다. 지금도 자격증을 이것저것 따고 있다. 우리 아이들은 배우고 싶은 것을 마음껏 배울 수 있도록 밀어주고 싶다.

"엄마는 네가 좋아하는 그림을 계속하도록 도와주고 싶었어."

"알아."

"엄마는 어렸을 때 피아노가 정말 배우고 싶었는데 그러지 못했거든."

"왜? 할머니가 안 보내줬어?"

"그런 줄 알았는데, 이모 보니까 아니더라. 엄마가 말을 안 했었나 봐. 이모는 피아노 학원에 보내달라고 졸라서 다녔거든. 뭐, 조금 다니고 말았지만. 엄마가 피아노 학원 다녔다면 피아니스트 됐을걸?"

"엄마는 왜 말 안 했어?"

"글쎄, 엄마가 그런 성격이었나 봐. 할머니가 이것저것 해보라고 했다면 좋아하는 걸 찾아서 열심히 했었을 텐데, 먼저 나서서는 말 못했나 봐."

"그래서 엄마가 나 계속 피아노 학원 보냈구나. 나는 피아노 6년이나 배웠지만 피아노 잘 못 쳐."

"알아. 엄마가 일하는 동안 너 피아노 선생님을 엄마라고 부르며 다녔잖아. 선생님이랑 라면도 끓여먹으며 놀았다고 자랑했어."

"응. 선생님이랑 많이 놀았지."

"네가 절대 음감인 건 그래서라고 생각해. 지금도 음악 좋아하잖아."

"그렇긴 하지."

"그러면 됐어."

"미술 학원도 다녔지."

"응. 너 미술 학원 다니는 거 엄만 좋았어."

"엄마 꿈을 대신 이뤄준 거구나, 내가."

"그런 셈이지."

"나는 언제부터 그림을 잘 그렸어?"

"너는 겁이 많아서 그림 그리는 것도 무서워했어. 네 살 때까지 그림은 하나도 그리지도 않으면서 엄마한테만 토끼, 강아지, 공주 매일 그려달라고 했지. 그래서 엄마도 그때 그림 공부 많이 했어."

"왜 그려보라고 안 했어?"

"언젠가 하고 싶을 때 하겠지 했어."

"그래서 그렇게 됐어?"

"응. 다섯 살 때쯤인가, 어느 날 선을 하나 긋더라고. 토끼라고 했어. 테두리만 선으로 그렸는데 진짜 토끼 같은 거야. 우연히 비슷한가 보다 했어. 그런데 하나 더 그리고 고슴도치라고 하는데, 그것도 진짜 고슴도치 같은 거야. 와, 천재다 했지."

"모든 엄마들이 자기 아이가 어릴 때는 천재라고 믿어."

"그렇지. 근데 너는 진짜 천재였어."

"엄마!"

"그 뒤로 너 한동안 선만 그렸어. 그날부터 지금까지 계속 그림을 그리고 있고. 엄마는 네가 행복하면 좋겠어. 너는 그림 그릴 때 제일 행복해 보이거든. 예고 가면 그림 하는 친구들 많으니까 좋아할 거라고 생각했어."

"응. 근데 나는 애니고 가고 싶어."

"응, 거기도 알아봤지. 그런데 경쟁률도 세고 성적도 더 좋아야 한대. 대학에 개설된 과가 많지 않아서 대학 입학도 어렵고. 예고 미술과 가서 기본 다지고 대학 가서 하고 싶은 거 하면 된다고 하니까."

"그럼 그리는데 성적은 왜 좋아야 하는 거야? 대학 안 가면 안 돼?"

"네 실력이 아까우니까. 좋은 대학 나와서 더 인정받으며 일하면 좋겠다고 생각했어. 애니과는 길이 너무 좁더라고. 넓은 길을 만들어주고 싶었지."

"엄마, 내가 아까 길 건너 세상에 대해 말했지?"

"응."

"엄마들은 엄마들이 경험한 게 맞다고 생각해. 그래서 자꾸 이거 해라, 저거 해라, 그렇게 하면 나중에 후회한다 그러고."

"그렇지. 걱정되니까."

"그런데 엄마도 말 안 들었잖아. 이것저것 해보다가 길 찾은 거잖아. 그런데 우리한테는 왜 정해진 길만 가라고 해? 우리는 우리만의 길을 열심히 찾는 중인 거야."

"알지. 그래도 길이 넓으면 더 쉽지 않을까?"

"엄마, 아무리 넓어도 가고 싶은 길이 아니면 길이 아니야."

"그럼 엄마는 뭐 해?"

좁더라도 원하는 길을 향해서

그림 그리는 것은 여전히 좋아하지만, 입시 학원에 들어간 후로는 연필만 잡아도 어지러웠다. 거기 아이들은 나와는 달랐다. 학원에서는 4~8시간을 꼼짝하지 않고 그림만 그려대더니 집에 가는 차 안에서는 그림 자료들을 찾아본다. 그 사이에서 웹툰 스크롤을 내리고 있는 나는 이방인 같았다. 하지만 엄마가 날 생각해서 보내준 곳이니까, 내가 행복하길 바라며 다니게 해준 곳이니까. 이런 생각을 하며 나에게 맞지도 않는 학원을 다니며 하루하루 버티고 있었다. 처음으로 그림 그리는 것이 재미있지 않았다.

"엄마는 네가 좋아하는 그림을 마음껏 할 수 있게 넓은 길을 만들어주고 싶었어."

우리 엄마만 이런 생각을 하는 것은 아니겠지. 세상 부모님들 마음이 다 이렇지 않을까? 하지만 좁더라도 우리는 우리가 가고 싶은 길이 있다. 그걸 놔두고 다른 길을 가라고 하면 쉽게 지쳐버린다. 그러면 부모님들은 이렇게 말씀하시지.

"다 널 위한 건데 왜 불평만 해? 고맙다는 말은커녕 불만만 털어놓고, 몰래 학원 빠지거나 늦고. 이해가 안 돼."

부모님들은 이상한 착각에 빠진 것 같다. 자신이 보고 싶어 하는 자식의 모습이 자식이 되고 싶어 하는 사람일거라는 착각. 과학자가 되고 싶어 하는 아이에게 과학 하려면 체력이 좋아야 한다며 태권도를 다니게 하면 과연 좋아할까? 피겨 스케이팅이 하고 싶은 아이에게 스케이트 타는 건 다 똑같으니 쇼트 트랙용 경기장 가서 돌라고 하면 과연 즐겁게 할 수 있을까?

엄마도 어릴 때는 분명 어른들이 공부하라고 해도 듣지 않았을 것이다. 하고 싶은 일은 따로 있었을 텐데, 이것저것 해보면서 자신의 길을 찾아낸 걸 텐데, 왜 우리에게는 정해주는 대로 가라고 하는 걸까?

길이 더 넓고 편하면 행복할까?

'엄마, 아무리 넓더라도 내가 가고 싶은 길이 아니면 내 길이 아니야. 내가 행복해질 수 있는 길이 아니라고.'

항상 말하고 싶었다. 하지만 그러지 못했던 이유는 엄마가 날 진심으로 위하는 게 보였기 때문이다.

언제쯤 건너올까?
나만의 초록불을 찾으면

불안한 엄마는 헬리콥터가 됐네

"그럼 엄마는 뭘 도와줘야 하는 거야?"

"지도 앱이 되어주면 되지."

"지도 앱? 내비게이션 같은 거?"

"응, 길 알려주는 앱. 길 찾을 때 검색하면 빠른 길, 쉬운 길 알려주잖아. 버스 타는 게 빠른지, 지하철 타는 게 빠른지 이런 것도 알려주고."

"그것도 길을 알려주는 거 아니야?"

"이건 목적지 선택은 내가 하잖아. 찾아가는 방법도 내가 정하고. 어른들은 자꾸 한 길로만 가라고 하잖아. 그런데 우리 세대는 달라. 길이 진짜 많아."

"그러고 보니 엄마 생각나는 거 있다. 4차 산업혁명에 관한 포럼에 간 적 있거든. 하루 종일 뭘 듣긴 했는데 기억에 남는 건 한 가지네."

"뭔데?"

"4차 산업혁명 시대에 부모가 아이에게 할 수 있는 가장 좋은 교육은 아무것도 하지 않는 것이다."

"응, 딱 좋네."

"너희는 태어나면서부터 디지털과 한 몸이라 기존의 생각으로는 이해할 수 없대. 앞으로 시대는 점점 더 확확 변할 거고, 그동안 살아온 방식으로는 살 수 없다고. 아이들은 스스로 부딪치고 경험하면서 알아서 자기 인생 잘 찾아갈 거라고. 우리 방식을 고집하면 미래 사회에 뒤처진다고 했어."

"그렇게 잘 알면서 엄마는 나한테 왜 그래?"

"엄마가 어떻게 했는데?"

"갑자기 공부하라고 하고, 분 단위로 막 시간표 짜서 체크하고, 안 하면 혼내고."

"보니까 대학 입학까지 시간이 얼마 안 남았더라고."

"대학 안 가도 된다며?"

"그랬지. 그런데 아니더라."

"엄마, 그게 바로 길 건너에서 어른들의 세상으로 빨리 오라고 손짓하는 거야. 급하게 건너려다가 사고 난다고."

아, 혹시 내가 그건가? 헬리콥터 맘이라는 그거? 그런 뉴스를 봤다. 헬리콥터 맘이 늘고 있다는. 자녀의 주위를 맴돌며 일거수일투족을 다 챙겨준다고 해서 그리 부른다고 한다. 심지어 직장생활을 하는 자녀의 휴가 신청까지 대신 해준다고도 한다. 뉴스를 보면서 나는 그런 엄마는 아니라고 생각했다. 아이들 스스로 할 수 있도록 최대한의 선택권을 주고 있다고 자신하고 있었다.

실제로 나는 아이들에게 최대한 자유를 주려고 노력했고, 아이들은 자유롭고 활기차게 자랐다. 문제는 그게 유아기 때를 마지막으로 그쳤다는 점이다. 아이들이 학교에 들어가기 시작하면서 나는 달라지기 시작했다.

꽃을 보느라고 학교에 지각하는 큰애를 보다 못해 다른 곳에 눈 돌리지 말고 빨리 가라고 재촉했다. 둘째의 자유로운 생각과 말하기 방식은 학교 수업 시간에 방해가 되었다. 자칫 예의 없는 태도로 보일 수 있었기 때문이다. 교과서 보는 법, 바르게 앉는 법, 선생님이 말씀하실 때는 질문하지 않고 기다리기 등을 가르쳐야 했다. 그래도 아이들은 잘 따라와주었다. 조금 기다리고 돌아가게 되었을 뿐 하고 싶은 걸 아예 못하게 된 것은 아니었기 때문이다.

중학교 1학년생이 된 딸은 자유학기제라고 해서 또 하고 싶은 것을 마음껏 했다. 2학년이 되고 나니 코로나가 찾아왔다. 들쑥날쑥한 온라인 수업과 등교 수업을 병행하다 보니 문제가 생겼다. 첫 중간고사를 보던 달, 딸은 한자 시험을 29점 받아왔다. 한자 수업을 제대로 받아본 적이 없었기 때문이다.

고등학교 진학이 걱정되었다. 예고 입시 학원에서 들은 입시 제도는 나를 와르르 무너지게 만들었다. 예고에 들어가려면 중2와 중3 때 주요 과목을 90점 이상 받아야 한단다. 발등에 불이 떨어진 나는 갑자기 학원 시간표를 짜주고, 진도표를 만들어 체크하고, 일정 관리를 했다. 그렇게 했더니 2학기 중간고사에서는 만족할 만한 성적을 볼 수 있었다. 그렇게 나는 헬리콥터 맘이 되고 있었다.

"그러면 어떻게 건너올 건데?"

"음, 횡단보도로 건너가야지. 뭐 육교로 건너는 사람들도 있을 테고. 우리는 건너가는 길을 열심히 찾고 있을 뿐이야. 빨간불이면 멈추고, 초록불이 되면 건너가겠지. 와! 엄마, 이 말 너무 멋지지 않아? 내가 생각해도 비유가 너무 딱인 것 같아."

"그러네, 정말 멋진 말이네. 그런데 그 신호등을 못 찾으면?"

"다른 길을 찾으면 되지. 정 없으면 만들어도 되고. 길은 엄청나게 많아. 그러다 지도 앱 켜면 엄마가 길도 알려주고. 10미터 앞에서 좌회전, 과속 방지턱에 주의하세요."

성대모사도 맛깔나게 잘하는 하연이가 갑자기 내비게이션 안내 목소리를 흉내 낸다. 너무 똑같지 않느냐며, 한껏 웃어 보라는 듯 로봇 같은 표정으로 "어린이 보호구역입니다"라고 한다. 나는 하연이의 의도대로 한껏 웃는다.

"진짜 똑같아."

"그렇지? 나는 못하는 게 뭐야."

"그러게, 못하는 게 없네. 근데 엄마는 너 건너올 때까지 계속 기다리기만 해? 그러다 너무 늦게 오면 어떻게 해?"

"엄마, 걱정 마. 내 인생인데 내가 막 살겠어? 딸 좀 믿어 봐."

가끔 딸은 걱정 많고 신경이 예민한 엄마를 보호하려는 듯 부러 어른스럽게 말할 때가 있다. 지금이 딱 그렇다.

"너는 언제쯤 건너올까?"

"나만의 초록불을 찾으면 건너갈게."

너의 초록불을 찾으면 그 방황이 끝날까? 엄마의 이 불안한 마음도 잦아들까? 그 길의 끝에서 너는 어떤 모습으로 서 있을까? 어떤 어른이 되어 있을까?

내비게이션이 되어주세요

엄마한테 내가 하고 싶은 말은 관심을 완전히 떼어달라는 것이 아니다. 지도 앱, 딱 그 정도의 역할을 해주면 좋겠다는 것이지. 엄마가 목적지를 정해서 거기까지 끌고 가는 게 아니다. 나는 그걸 바랐다. 목적지를 내가 정하고, 가는 길도 내가 택한다. 엄마는 가는 방법과 이러저러한 길이 있다는 정도만 알려주면 된다. 간혹 지름길이 있다는 걸 알려주면 감사하고.

내 머릿속에 있던 말들을 술술 뱉어내다 보니 엄마도 한 말씀 하신다.

"그러고 보니 엄마 생각나는 거 있다. 작년에 4차 산업혁명에 관한 포럼에 갔다가 들은 게 있는데, 너희는 태어나면서부터 디지털과 한 몸이라 기존의 생각으로는 이해할 수 없대. 앞으로 시대는 점점 더 확확 변할 거고, 그동안 살아온 방식으로는 살 수 없다고. 아이들은 스스로 부딪치고 경험하면서 알아서 자기 인생 잘 찾아갈 거라고. 우리 방식을 고집하면 미래 사회에 뒤처질 거라고."

엄마는 이렇게나 잘 알면서 왜 엄마의 방식대로 나를 끌고 가려 고집을 부리실까? 이건 아직도 이해가 안 되네.

엄마는 엄마가 어떻게 했는지 제대로 기억하지도 못하는 모양이다. 내가 느꼈던 엄마는 갑자기 돌변해 공부하라고 잔소리하고, 분 단위로 시간표를 짜주고, 그대로 하는지 체크하고, 안 하면 혼내고 그랬다. 항상 내가 원하는 대로 해도 된다고, 대학 안 가도 된다고 그랬는데. 그런 엄마가 갑자기 변해서 달리 나오는데 내가 안 혼란스러울 재간이 있나? 이게 바로 길 건너편에서 빨리 오라고 하는 것과 뭐가 달라? 뭐, 특별할 것도 없다. 무서워서 빨리 건너가려다 가벼운 사고가 난 거지.

마음을 급하게 먹지 않고 내게 맞는 횡단보도를 찾을 때까지 걸어갈 것이다. 중간에 쉬어가기도 하고, 때때로 속도를 높이기도 하면서. 적절한 때에 나만의 횡단보도가 나타나도 아직 빨간불이면 잠시 멈춰서 있다가 초록불이 되면 건너갈 것이다. 횡단보도를 못 찾으면 다른 길로 가면 되고. 육교가 있을 수도 있고, 교차로가 나올 수도 있잖아? 조금 힘들고 어렵고 시간도 많이 걸리겠지만 새로운 길을 만들어낼 수도 있을 테고. 얼마가 걸리든 끝까지 무작정 걸어가는 방법도 있다. 그렇게 나 혼자 길을 찾다가 힘들고 지칠 때쯤, 혹은 찬스가 필요할 때쯤 엄마라는 지도 앱을 사용해도 되고.

나는 할 줄 아는 게 많아. 어떻게든 내 길을 찾아갈 수 있

어. 그러니 엄마는 거기서 기다리고 있어. 너무 걱정하지 말

고. 내가 언제가 되든 꼭 건너갈 테니까.

엄마와 아빠가 어떻게 키운 딸인데
엄마와 아빠도 아팠으면 좋겠어

사랑한다는 이유로

"하연아, 아빠가 하연이랑 사이가 안 좋아져서 많이 슬퍼해."

"그건 아빠가 자초한 일이야."

아빠가 너를 어떻게 키웠는데 그렇게 말할 수 있어, 라는 말이 목까지 차올랐지만 꾹 참았다.

"아빠가 나를 얼마나 혼내고 때린 줄 알아? 아빠는 집에 들어오자마자 나 혼낼 거 없는지 찾는 사람 같아. 내 방문부터 벌컥 열고. 기분이 좋은 날은 그래도 괜찮아. 기분 안 좋은 날은 옛날 것까지 다 끄집어내서 뭐라뭐라 하잖아. 그러다 맞아야 한다고, 몇 대 맞을 거냐고 묻고. 안 맞고 싶지, 그렇게 대답하고 싶지. 겨우 한 대요, 하면 너무 세게 때려. 아프다고 울면 울지 말래고. 아파서 눈물이 나는데 어떻게 참아!"

또 서러웠는지 눈물을 뚝뚝 흘린다. 아이는 아빠가 화풀이 한다고 생각한다. 화난 걸 자식한테 푼다고. 그렇게까지 혼날 일은 아닌데 미워서 괴롭히는 거라고 생각한다.

"어느 날은 아파서 안 맞겠다고 하면, 피하면 더 맞는대. 내가 피해 다니면 열 대, 스무 대, 삼십 대씩 올라가. 다 안 때릴 거 알아. 그래도 무서워."

"그래서 아빠가 그렇게도 싫어?"

"싫은 게 아니라 무서워. 아빠랑 사이좋게 지내고 싶은데, 아빠랑 같이 있으면 내가 또 무슨 잘못을 해서 혼날까 봐 겁나. 밥 먹을 때도 밥 먹다 혼날까 봐 무섭고, 동생들 혼나면 나까지 같이 혼날까 봐 무서워. 그럴 때는 밖에 나가지도 못하겠어. 그래서 방에만 있는 건데, 동생 혼나는데 나와보지도 않는다고 또 뭐라고 하고. 엄마가 혼내다 아빠한테 전화하는 게 제일 무서워. 그날은 죽는 날이야. 엄마가 막 우니까 걱정이 되어서 아빠한테 전화했다가, 집에 들어온 아빠한테 많이 혼나는 바람에 전화한 걸 후회한 적도 있어."

"미안. 엄마 잘못이야. 엄마가 화내다 감당이 안 됐어. 아빠랑 하연이는 정말 사이좋은 부녀간이었는데……."

어느 집이나 아빠는 딸바보다. 그런 딸바보들을 줄 세워 등급을 나눌 수 있다면 우리 집 딸바보는 1등급일 것이다. 첫 아이, 첫 딸이었다. 10월의 난방이 잘되는 병원에서 태어난 딸은 울기도 참 많이 울었다. 밤낮을 울어대던 아이는 그나마 시원한 곳에 가면 울음을 뚝 그쳤다. 아빠는 너무 조그마해서 닿으면 부서질라 가슴에 폭 안지도 못하는 아기를 겨우겨우 두 손에 올리고 병원 창가나 시원한 곳을 찾아다니며 밤을 지새우곤 했다.

집에서도 마찬가지였다. 아이를 업고 자는 남편이 안쓰러워 아기띠를 사주었다. 이후 아기띠는 남편의 생필품이 되었다. 아기는 아빠 품에 매달려 자고 먹었다. 17개월이 되도록 걷지 않는 하연이를 위해 철제로 만들어 무겁지만 튼튼한 지게 모양의 캐리어를 메고 공원으로, 놀이동산으로 놀러 다녔다. 하연이는 유독 아빠를 따랐다. 아빠만 보이면 애교를 부리며 아빠 뒤만 졸졸 쫓아 다녔다.

하연이가 네 살이 되던 해, 남편이 하고 있던 사업이 어려워지면서 공황장애가 왔다. 남편은 쉬어야 했지만 그럴 수 없었다. 상황이 상황인지라 어쩔 수 없었다. 생활비도 생활비지만 빚도 갚아야 했다. 어떻게든 버텨야 했다. 사업상 남편이 급하게 제주도에 갈 일이 있었는데, 당시 지갑에는 부산–제

주행 배표와 5만 원이 전부였다. 차 안에서 잠을 자고, 하루 한 끼를 먹으며 지내고 있다고 했는데, 하연이 생일이라고 선물을 보냈다. 미아 방지 은팔찌였다. 몇 끼를 굶은 걸까.

이후 다시 사업이 잘되고 형편이 나아진 후 남편은 막대사탕 백 개가 들어 있는 통을 딸에게 안겨주곤 했다. 나는 아이 이 썩으면 어떻게 할 거냐고 타박했지만, 그 속마음을 너무도 잘 알았다. 주머니에 천 원짜리 한 장 없던 시절 딸이 사달라던 막대사탕 하나를 못 사준 게 그리 미안할 수 없었다고. 이제 딸은 사탕을 좋아하지 않는 나이만큼 자랐지만, 여전히 남편은 이따금 딸에게 사탕 통을 안긴다. 하연이는 좋아해준다.

부모 참여 행사가 있으면 모두 아빠가 갔다. 중요한 계약이 걸려 있었는데도 포기하고 학교 운동회에 가서 같이 사진 찍고, 하연이 친구들과 짜장면을 먹은 적도 있다.

"기억나? 아빠 운동회 갔던 거."

"기억나지. 그때 아빠가 친구들 다 데리고 가서 짜장면이랑 탕수육 사줬는데."

"그날 아빠 중요한 약속이 있었대. 그런데 운동회 가서 엄마가 뭐라고 했어."

"알지. 아빠는 항상 내가 제일 먼저였으니까. 아빠는 중간이 없어. 극과 극이야. 사랑을 너무 많이 주거나, 너무 무섭게 혼내거나."

"아빠 회사 이름이 뭐지?"

"하연."

"그래, 하연. 엄마는 하연이가 너무 부러웠어. 나도 하연이처럼 우리 아빠하고 친하게 지내고 싶었거든."

"나도 알아. 아빠가 나 많이 사랑하는 거. 그래서 죄책감도 많이 들어. 그런데 아빠는 자식이 잘못하면 때려도 된다고 생각하나 봐. 나는 아니라고 생각해. 사랑한다면서 때리는 건 잘못된 거야. 그건 아빠가 잘못한 거야. 아프다고 말해도 안 들어주잖아. 맞을까 봐 무서워서 소리도 못 지르고, 반항도 못 하겠고. 그래서 약 먹은 거야. 죽을 것 같아서. 죽을 것 같이 힘들다고 알려주려고. 나 아프면 엄마랑 아빠도 아프니까. 엄마랑 아빠도 아팠으면 좋겠어, 나처럼."

사랑한다면서 때린다. 참 이상하긴 하다. 그걸 우린 '사랑의 매'라고 부른다. 그런데 그게 진짜 '사랑'이긴 한 것일까? 우리가 그렇게 자랐으니, 우리가 그렇게 이해했으니 우리의 아이들도 그렇게 받아들여줄 것이라 생각한 걸까? 대체 무엇을 위한 매였을까? 그 매로 우리는 어떤 말을 하고 싶었던 걸까?

남편이나 나나 혼낼 때 목소리를 높이지는 않는다. 낮고

침착한 목소리로 혼내는 이유를 설명한다. 무엇을 잘못했는지 설명하고, 앞으로 어떻게 행동하면 좋겠다고 당부한다. 문제는 말로만 되면 참 좋을 텐데, 그게 안 될 때가 있다. 남편과 나는 말로 안 되면 매를 들어서라도 아이들의 잘못을 고쳐야 한다고 생각했다. 그게 부모로서의 책임이라고 생각했다. 우리도 그렇게 커왔으니까. 하지만 우리의 훈육 방식은 아이들을 올바르게 이끌기는커녕 상처만 주었다. 매에 대한 두려움과 자신에 대한 부정적 감정만을 키우게 할 뿐이었다.

'엄마 아빠는 나를 미워해. 내가 못나고 쓸모없어서 나를 때리는 거야. 나는 버림받았어. 무서워. 아무도 나를 사랑해주지 않아.'

이렇게 아픈 줄도 모르고, 이렇게 죽어가는 줄도 모르고. 무엇을 위해 그렇게 혼을 내고 매를 든 것일까? 왜 아픈 마음을 보듬어주지 못했을까?

입장 바꿔 생각해봅시다

나는 엄마랑 아빠 때문에 너무너무 힘들었어. 너무 아팠어. 그런데 왜 나만 힘들고 아파야 하는 거야? 내가 힘들고 아픈

179

걸 엄마 아빠는 알기나 할까? 알아줬으면 좋겠다. 엄마도 아빠도 힘들고 아팠으면 좋겠다. 그냥 아픈 정도가 아니라 죽도록 힘들 정도로. 창문을 열고 아래를 바라보며 5분, 10분 고민할 정도로.

어린 마음이라는 것 잘 안다. 부모님이 힘든 것도 사실 알고는 있다. 하지만 나는 내가 제일 아프다. 내 세상에서의 주인공은 나고, 이 세상에서 나를 가장 잘 아는 것도 나다. 누구도 내 맘 같지 않다. 그러니 내가 얼마나 힘든지 알아줬으면 했다. 알리고 싶었다. 그래서 약을 먹었다.

내 일상은 휘청거리고 있었고, 활기에 넘치던 나는 점점 무기력해졌다. 나의 구겨진 활력이 얼마나 소중한 것인지 알려주기 위해 겁도 없이 약을 삼켰다. 뒷일 같은 건 아무래도 좋았다. 머릿속에는 딱 그 한 가지 생각만 남아 있었다. 그 외에는 아무것도 생각할 수 없었다.

입원한 밤, 해독제로 토하기까지 해서 진이 빠지고 정신이 없었지만 엄마가 하는 말은 다 들렸다. 아빠에 대한 말까지도. 엄마가 한 말은 평소와 다를 바 없었다. 아빠가 널 얼마나 사랑하는지 아느냐, 다 널 위해 그런 거다, 아빠도 열심히 노력하고 있다, 너만 힘든 게 아니라 아빠도 힘들다……. 엄마가 말하려는 속뜻을 모르진 않았다. 아빠가 나 때문에 힘들어

하고, 날 위해 열심히 일하시는 건 잘 알고 있다. 하지만 나도 힘들다. 지금 힘들어서 약 먹은 건 난데, 그런 내 앞에서 엄마는 또 아빠의 손을 들어주고 있었다.

나는 너무 속상했다. 사랑하는데 왜 때려? 사랑하는데 왜 그렇게 말하고 상처 입혀? 약 기운에 몸은 축축 늘어져 힘겨운데 가슴에까지 대못이 하나둘씩 쾅쾅 박혀들었다. 쉽게 지워지지 않을 흉터가 늘어갔다. 소설이나 영화에서 보면 이럴 때 부모들이 자식에게 이렇게 말하던데.

"네가 그럴 때마다 이 부모 가슴에 대못이 박힌다."

나도 마찬가지다. 우리도 마찬가지다. 그런데 어른들은 자신의 상처를 먼저 내세운다. 그걸 잘 모르는 것 같다. 물론 어른들도 사람이니까, 자기 세상에서는 자기가 먼저니까 그럴 수 있지. 그러면 "다 너를 위한 거야"라고 말하지 말든가. 자기들 입장만 이야기할 거면서 왜 나를 위한 거래? 그리고 설사 그런 말 듣고 내가 부모 눈에 맞춰 잘 자란다고 쳐. 그래도 내 가슴에 박혔던 대못 자국은 남아 있을 텐데, 그게 정말 날 위한 일인 걸까?

나도 입장 바꿔서 생각해볼게. 나중에 내가 자식을 낳았는데 숙제도 잘 안 하고, 공부도 안 하고, 늦게까지 잠만 자고 있으면 기분이 어떨지. 그러니까 엄마 아빠도 한 번이라도 입장 바꿔 생각해줘. 집에서 나가라는 말을 들었을 때, 혼날 때, 매 맞을 때, 내가 무능한 사람으로 몰렸을 때의 내 기분과 입장을.

엄마와 같은 실수를 할까 봐
실수는 틀린 게 아니야

너는 안 그랬으면 해서

"음, 엄마도 아빠도 아프긴 했어. 아무렇지 않았던 거 아니야. 차라리 반항을 하는 게 낫지, 네 몸을 해치니까. 그러다 정말 잘못되기라도 했으면 어쩔 뻔했어. 몸 한번 상하면 완전히 회복되는 게 너무 어려워. 시간도 오래 걸리고. 평생 장애를 가지고 살아야 할 수도 있고. 그런 생각은 안 해봤어?"

"했지, 조금. 근데 그때는 그래도 할 수 없지, 하는 생각이 들었어. 그 시간을 견디기가 너무 힘들었으니까."

"병원에서 퇴원하고 집에 와서 무슨 생각 했어?"

"약은 먹지 말아야겠구나."

"왜?"

"속도 아프고 돈도 많이 들어서."

"잘 생각했어. 엄마도 어렸을 땐 참 실수 많이 했다."

"어떤 실수 했는데?"

"너랑 똑같지 뭐. 어쩜 너는 나 닮았냐. 물건 잃어버리고, 떨어트리고. 만지는 족족 고장 나고. 이모랑도 많이 싸웠지."

"왜?"

"이모는 옷을 깨끗하게 입었거든. 그래서 항상 새것 같은 거야. 신발까지도 그랬어. 어느 날 옷장을 열었는데 엄마가 매번 탐내던 티셔츠가 보이더라고. 마침 이모가 없어서 그 티셔츠를 몰래 꺼내 입고, 이모의 흰 운동화를 신고 나갔지."

"어떻게 됐어?"

"구겨지고, 소매는 늘어나고. 운동화 늘어나고 주름지고 앞코에 흙이 묻고~."

"엄마도 나랑 똑같네. 이모 화나셨겠다?"

"난리 났지. 소리 엄청 지르고. 처음에는 미안하다고 했는데, 이모가 계속 소리 지르고 따지니까 기분 상해서 도리어 그만 좀 하라고 덩달아 소리 지르고 그랬어."

"난 이모 이해해."

"네 옷장은 엄마랑 똑같아."

"응. 역시 나는 엄마를 닮았어. 근데 왜 나한테 뭐라 그래?"

"불편해서? 너는 옷장 정리를 잘했으면 했어."

"엄마! 엄마도 안 되는 걸 나보고 하라면 그게 돼?"

"어려서부터 하면 될 줄 알았지."

"욕심을 버리세요. 나는 옷에 관심 없어."

"알았어. 근데 정리 안 되는 건 정말 불편해. 중요한 일 있거나 꼭 필요할 때 못 찾는 일이 생기거든."

"어른들은 어릴 적 모습은 기억 하나도 안 나 봐? 어른들도 계속 실수하면서 그렇게 큰 거잖아. 그런데 왜 우리가 실수하는 건 안 된다고 말해? 실수는 틀린 게 아니잖아."

내가 그렇게 덜렁대고 실수투성이여도 엄마는 내게 잔소리를 하지 않았다. 어쩌면 못 한 것인지도. 나는 어른이 되어서도 여전했다. 덜렁대고 넘어지고 물건 깨뜨리는 건 예사였다. 재미있는 일에 빠지면 미친 듯이 몰두하다가도 흥미를 잃으면 금세 다른 걸로 넘어갔다.

나는 똑같은 게 싫다. 길도 늘 가던 길은 싫고, 음식도 한 끼 먹으면 질려서 다음 끼니때는 다른 걸 먹어야 한다. 청소도 못 하는 주제에 집 안의 가구 위치를 달마다 바꾼다. 주방용품도 기분에 따라 오늘은 크기 순서대로 정리했다가, 내일은 모양이 같은 것끼리 모아둔다.

아이들이 어렸을 적을 생각해보니 그때는 더 심했구나 싶다. 그때는 어디로 다녀야 할지 모를 정도로 엉망이었다. 아이가 하나 둘 셋 늘어갈수록 짐은 많아지고, 어떻게 정리할 줄을 몰라 방치해두다 보니 집도 정신도 어지러웠다. 음식을 하겠다고 그릇이고 냄비고 꺼내놓으면 뭐부터 해야 할지 몰라서 허둥거렸다. 되는 대로 음식을 하고 나면 설거지거리가 산더미처럼 쌓였다.

그에 반해 시어머니는 검소하고 깔끔하셨다. 시댁에는 모든 물건이 정해진 자리가 있다. 웬만해선 그 자리를 벗어나지 않는다. 국도 한 솥 끓여놓으면 다 먹을 때까지 먹는다. 남편은 결혼 전에 항상 4시 반에 일어나 새벽 예배를 드리고, 7시에 온 가족과 함께 아침을 먹었다. 남편은 피곤해도 양말은 꼭 빨래 통에 넣었고, 옷은 늘 같은 자리에 두었다. 그런 남편에게 결혼 후 상황은 달라도 너무 달랐다. 손톱깎이를 찾다 못해 결국 나를 불러댔고, 라면 끓이는 시간보다 냄비 찾는 시간이 더 걸렸다. 덕분에 신혼 초에는 남편의 잔소리가 끊이지 않았다.

하연이는 남편이 아닌 나를 닮았다. 그러니 오죽할까. 남편은 하연이의 방문을 열면 한숨부터 쉬었다. 화살은 나에게도 날아왔다.

"내가 양말을 방에 벗어놓으면 우리 엄마는 내가 치울 때까지 잔소리하셨어. 애들도 될 때까지 말하면 고쳐."

물론 나도 하연이의 정리 습관을 고쳐보려고 했다. 잔소리를 안 했던 건 아니다. 하지만 그때뿐이었다. 그런데 생각해보니 나 역시 마찬가지다. 나도 뭔가를 바꿔보려고 꾸준히 해본 적이 있나? 오히려 이것저것 관리가 안 되어 놓치는 경우가 더 많았다. 성인이 되어 고치려니 여간 많은 노력이 필요한 게 아니었다.

그러니 하연이가 고치기 힘들어하는 걸 누구보다 잘 안다. 다시 생각해보니 어릴 때 엄마가 내게 잔소리를 안 하신 게 더 나았던 건지도 모르겠다. 덕분에 실수가 많은 나를 고쳐보려고 고생했지만, 스스로를 못났다거나 부끄럽게 여기지는 않았으니 말이다. 아무리 말해도 스스로 깨닫기 전까지는 바뀌지 않는다. 마음속으로 '나는 못난이'라는 딱지만 스스로에게 붙일 뿐.

믿어주고 기다려줘야 한다는 걸 알면서도 참 어렵다. 여전히 나는 실수투성이다.

실수는 어디까지나 실수일 뿐

우리 엄마의 남편 되시는 분은 꼰대다. 아무리 봐도 꼰대인데, 본인은 되게 열린 마인드를 가진 걸로 아신다. 근데 알아요, 아빠? 아빠의 그 열린 마음은 한정적이라는 것을요. 상대에 따라 열리는 정도가 다르다는 것을요. 왜 꼰대들은 자신이 꼰대라는 걸 모르는 걸까?

내가 생각하는 꼰대들의 특징은 이렇다.

1 된소리를 낸다.

2 이상한 신조어를 쓴다.

3 자기 생각을 강요하면서 남을 자기 틀에 맞추려고 든다.

4 목소리를 크게 내고, 갑자기 버럭 화를 내면서, 욕을 한다.

5 '나 때는 말이야'를 시전하고, 실수를 하면 틀렸다고 말한다.

6 인상을 많이 쓴다.

7 자기는 꼰대가 아닌 줄 안다.

뭐 우리 아빠가 욕을 하는 것은 아니다. 혼낼 때는 외려 목소리가 차분해지고 말투도 느려진다. 그래서 더 무섭다. 빠져나올 수 없는 아빠의 논리가 시작된다. 아빠의 말씀이 틀린 건 아니다. 다만 구시대적인 발상이 너무 많다. 실수는 실수다. 실수할 때마다 "틀렸어"라고 말씀하시는데, 그러면 나는 틀린 인생을 살고 있는 건가?

아빠 때는 아빠 때고, 나 때는 나 때다. 나야말로 "나 때인 지금은 말이죠~"라고 훈수를 두고 싶다. 지금의 내 실수가 아빠의 눈에는 틀린 것이나 잘못된 것으로 보일 수 있다. 어쩌면 아빠 때는 그랬을 수도 있으니까. 그런데 실수로부터 배우는 거라고들 하지 않나? 그리고 앞으로가 더 중요한 거 아닌가?

'열린 꼰대'인 우리 아빠가 자신의 가치관만 너무 몰아붙이지 않았으면 좋겠다. 실수를 무조건 잘못된 것이라고 타박하지 않았으면 좋겠다.

엄마도 무서웠어
내가 엄마 안아줄게

사랑하는 방법을 몰랐어

이야기는 계속 흐르고 흘러 어느덧 나의 과거사까지 올라 갔다.

"할머니는 술을 많이 마셨어. 할아버지가 집에 자주 안 들어왔거든. 할머니는 평소에는 조용했어. 그런데 술만 마시고 오면 술주정이 심했지."

하연이에게 힘들었던 나의 어린 시절 이야기를 들려주었 다. 할머니의 술주정, 동네 사람들의 시선, 할아버지와 할머 니의 싸움과 불안한 마음, 화장실에 쪼그리고 앉아 주문처럼 외우던 기도들.

"그러다 어느 날, 할머니가 집을 나갔어. 일주일이 지나도 들어오지 않는 거야. 할아버지도 안 들어오고. 많이 울었어."

"그때 몇 살이었어?"

"초등학교 5학년. 학교 가는 게 싫었어. 친구들한테 말할 수는 없으니까. 웃어야 하니까. 그런데 또 학교 가니까 웃게 되더라고. 도시락은 어떻게 싸서 다녔는지 기억이 안 나. 이모랑 삼촌은 더 어렸으니까 할머니를 찾았어. 할머니 사진을 방문에 붙여놓고 그 앞에 앉아서 밤새 울던 모습이 생각나. 동생들이 불쌍했어. 우리 버리고 간 엄마 뭐가 보고 싶다고. 보름인가, 얼마나 지났는지 기억도 안 나. 누군가 할머니한테 가자고 우리를 데리고 갔어. 그날의 일이 아직도 너무 선명해서 좀 이상해. 좁은 길 끝에 할머니가 구부정하게 서 있더라고. 반가울 줄 알았어. 눈물이 날 줄 알았어. 뛰어가 안길 줄 알았어. 근데 마음이 얼음처럼 차가웠어. 천천히 걸어갔어. 아무 말도 않고. 감정이 모두 없어져버린 것 같았어. 나를 아프게 하는 사람들 때문에 더 이상 힘들어하지 말자, 뭐 그런 생각이 들었나 봐. 그리워하는 것도, 사랑하는 것도, 미워하는 것도 그만뒀어. 쓸데없는 일이다 싶어서. 딱히 불쌍한 마음도 없어."

나는 잠깐 이야기를 끊었다 다시 이었다.

"엄마는 엄마를 갖고 싶었어. 힘들 때 생각나고, 돌아가시면 그리움에 슬픔이 마구 솟구칠 것 같은 엄마. 근데 그게 또 슬프고 죄책감이 들더라. 하연이가 병원에 누워 있는데 무서웠어. 엄마를 봐도 감정이 없고, 더 이상 가까워질 수 없는 그런 사이가 될까 봐 겁이 났어. 너를 많이 사랑하고 싶었는데 사랑하는 마음이 뭔지, 사랑받는 마음이 뭔지, 너를 어떻게 사랑해야 하는지 방법을 몰랐어."

하연이는 내 손을 꼭 잡아주었다.

"엄마, 걱정하지 마. 나는 그러지 않아. 엄마가 나를 위해 얼마나 노력하는지 알아. 나를 얼마나 사랑하는지 알아. 그 사랑의 방법이 내가 원하는 게 아니라서 그렇지. 아빠가 엄마는 어릴 때 사랑을 못 받고 자라서 안타깝다고 했어. 엄마를 많이 사랑해줘야 한다고, 사랑을 많이 받고 큰 사람이 더 사랑해주며 살아야 한다고."

엄마의 불안하고 예민한 마음을 견디는 와중에 하연이에게도 마음의 병이 생겼다. 네 잘못이 아니라고, 엄마 때문이라고 말해주고 싶었다. 딸을 위해 용기를 내야 했다. 그런데 아직 어린 딸에게 모든 걸 말하는 게 잘하는 일일까?

"그즈음 무서운 일이 있었어."

"무슨 일?"

"동네 뒷산에 갔다가 고등학생 정도 되는 어떤 오빠를 만났어. 그 오빠가 긴 나무막대를 끌고 와서 자기가 시키는 대로 하라는 거야. 그러면 때리지도 않을 거고 집에 잘 가게 해주겠다고. 너무 무서웠어. 그 오빠는 아주 못된 장난을 했어. 아무한테도 말할 수 없었어. 그 뒤로 밖에 나가는 게 무서웠어. 길에서 마주치는 남자들, 학교의 같은 반 남자 아이들도 무서웠어. 고등학생 때 엄마 좋다고 하는 애들도 무서웠어. 사람들과 눈이 마주치면 심장이 막 뛰어서 아무 생각도 나지 않았어. 엄마에겐 집도, 바깥세상도 너무 무서운 곳이었어. 유일하게 숨을 수 있는 곳은 화장실이었어. 거기서 쪼그리고 앉아 있었어. 다리에 쥐가 나면 일어섰다 하면서. 누구한테도 말할 수 없어서 외로웠어."

반복해서 보는 드라마가 있다. 〈괜찮아 사랑이야〉라는 드라마다. 심리적 장애가 있는 남자 주인공은 화장실 욕조에서 잠을 자는데, 그 장면을 보며 많이 울었다. 마치 나 같았다. 세상 어디에도 안전한 곳은 없었다. 몸을 웅크리며 살았던 어린 나는, 누군가 내 이야기를 들어주고 괜찮다고 말해주길 바랐지만 정작 나는 아무 말도 할 수 없었다.

친구들과 있어도 혼자 있는 것 같았다. 슬픔이 저 밑부터 차올라 답답했고, 너무 억울했다. 정말 슬픈데, 위로받고 싶은데, 누군가 안아줬으면 좋겠는데. 이런 생각을 하다가도 마음을 고쳐먹었다. 사람들에게 기대하지 마, 더 아파, 자존심 상해, 그러니 아무것도 하지 마, 그러면 상처받을 일 없어. 그렇게 점점 더 나를 고립시켰다. 가면을 쓰고 견디는 데 온 에너지를 다 썼다. 혼자가 되면 깊은 잠에 빠져들곤 했다.

그런 내가 아이를 낳아서는 안 되는 거였다. 나의 우울증은 해결되지 않았고, 사람들과 만나는 게 어려워 또래 맘들이 모이는 모임에도 한 번도 나간 적 없었다. 내게 인간관계는 풀기 어려운 실타래였다. 사진처럼 선명한 몇 장의 기억만이 나를 붙잡아 두려움과 슬픔 속에 가둬놓았다.

결혼을 했으니 아이 생각을 전혀 안 한 건 아니지만, 나는 딸을 낳고 싶지는 않았다. 내 딸도 나 같은 상처를 받으면 어쩌나 해서. 아마 그렇게 된다면 나는 견디지 못할 것이다. 그런데 첫 아이가 딸이었다. 나는 내가 이 아이를 지키지 못할까 봐 두려웠다. 예쁘고 사랑스러웠지만 그만큼 불안이 더해졌다.

나는 내가 처한 상황이 버거웠다. 아이가 엄마 영향을 덜 받도록, 혼자서도 무엇이든 할 수 있는 강하고 독립적인 아이로 키우기로 했다. 독립심은 좋은 거니까. 육아 전문가 오은영 박사님도 아이가 독립된 인격으로 자라도록 돕는 과정이 양육이라고 했으니까.

문제는 내 감정의 온도였다. 아이가 충분히 사랑을 느끼고 안정감을 느낄 수 있도록 지지해줘야 했는데, 그렇지 못한 나는 너무 두꺼운 벽을 만들어버린 것이다.

"엄마가 아파서 너를 제대로 돌보지 못했어. 그래서 네가 마음에 병이 생긴 것 같아서 너무 미안해."

"엄마, 무섭고 외로웠겠다. 내가 엄마의 어린애에게 가서 친구 해주고 싶다. 안아주고 싶어. 그때 나 같은 친구를 만났다면 이야기도 들어주고 안아줬을 텐데."

하연이가 나를 꼭 안았다.

"그 나쁜 오빠 내가 가서 패주고 싶어. 나쁜 자식."

인상을 쓰며 주먹을 불끈 쥐고는 당장이라도 날릴 듯 내 앞에서 흔들어댄다. 그 모습이 웃겨 울다가 또 웃었다.

"엄마, 내가 안아줄게! 엄마도 사랑하는 방법을 배우지 못해서 그런 거잖아. 나는 사랑 많이 받고 자랐으니까 내가 엄마를 더 사랑해줄게. 엄마 하고 싶은 거 다 해. 아빠가 그랬어. 엄마는 어릴 때 하고 싶은 걸 못해서 지금 하고 싶은 게 많은 거라고. 그래서 바쁜 거라고. 내가 응원해줄 테니까 나 해. 내가 친구 해줄게. 나 정말 재미있는 친구야. 나랑 있으면 조용한 애들도 다 수다쟁이가 된다. 알지? 나랑 친구도 하고 여행도 같이 다니자."

그렇게 열여섯 하연이와 열두 살 엄마는 친구가 되었다.

"엄마한테 매일 혼나니까 내가 너무 못된 딸인가 했어. 엄마한테 칭찬받고 사랑받고 싶어서 노력했는데, 엄마가 울고 슬퍼하니까 나는 쓸모없는 사람인가 싶어서. 엄마가 아파서 그랬던 거구나."

"엄마가 사랑하는 법을 몰라서 미안해. 너 아기 때 엄마 보고 웃으면 얼마나 행복했는데. 예쁜 꽃무늬 원피스와 뽀글뽀글 파마머리가 아직도 생생해. 어디서든 신나게 춤추는 모습이 어찌나 사랑스럽던지. 엄마가 겁이 많고 걱정이 많아서 자꾸 잔소리만 한 거야. 매일 걱정하기만 하고, 고치려고만 들었어. 미안해. 너는 정말 사랑이 많은 아이야. 기억나? 초등학생 때 네가 파인애플 사준 거?"

하연이가 초등학교 2학년 때였다. 하연이가 몰래 파인애플을 사와서 거실 책상 위에 올려둔 적이 있었다.

"아, 그거. 내가 감기 때문에 학교 못 간 날, 오후에 좀 괜찮아져서 엄마한테 깜짝 선물해주려고 샀었지. 그때 거기 편지도 써서 넣었는데?"

"아, 그랬던 것 같다. '파인애플이 너무 맛있어 보여서 엄마 아빠랑 같이 먹고 싶어 샀어. 사랑해'라고 씌어 있었지."

"지금도 기억나. 집 앞 슈퍼에 파인애플이 보이는 거야.

2000원이었나, 싸길래 한번 사봤어. 근데 정말 무겁더라. 팔 엄청 아팠어."

"정말 맛있었어. 네가 있어서 엄마는 행복하고 살맛 나. 사랑해."

엄마가 나를 싫어한다고 생각했는데

우리 엄마는 항상 바쁘다. 그래서 나와 잘 마주치지 못한다. 아빠는 그런 엄마를 안타깝다고 했다. 어릴 때 사랑도 관심도 못 받아서 지금 하고 싶은 게 많은 거라고, 그러니까 이해하라고.

엄마는 친절하지만 때때로 날이 잔뜩 선다. 엄마 기분이 안 좋을 때 잘못하면 1년 전 사건까지 끌려와 잔소리를 듣게 된다. 집 밖으로 쫓겨날 수도 있고.

잘못 걸려 잔소리가 길어질 때는 저절로 시선이 이리저리 굴러간다. 그러다 보면 나도 모르게 바닥의 나무 칸 수를 세기도 한다. 언제 끝날지 모르는 잔소리보다 무의미한 숫자 세기가 더 재미있다. 이런 사실을 엄마는 알까?

물론 그러다 보면 엄마가 잔소리 중에 갑자기 묻는 말에 대답 못할 때도 있다.

"지금 딴 생각 하지? 대체 뭔 생각을 하는 거야?"

그러게요, 엄마. 엄마라면 어떤 생각을 할까요? 여기서 어떤 말을 해야 엄마가 화를 내지 않을까요? 결국 내 입에서 나오는 말은 별것 없다.

"잘못했어요."

딱히 대답할 말이 없으니 무의미한 사과만 반복한다. 그러면 또 꼬리를 물고 이어지는 질문.

"뭐가?"

다시 시작이다. 슬슬 부은 눈이 아파오고, 머리도 지끈거린다.

이렇게 혼날 때마다 엄마가 나를 싫어해서 괴롭히는 건가 했다. 하지만 엄마는 사랑하는 방식을 배우지 못했을 뿐 날 사랑하지 않는 건 아니란다. 엄마의 옛날 상처를 하나하나 알아가니 나한테 했던 말들이나 행동들도 싫어서 그런 게 아니었다는 걸 알게 되었다.

여리고 상처 많은 엄마, 이제 내가 안아줄게.

울먹이면서 들려주는
엄마의 옛 이야기들이

너무 슬프고
외롭게 들려서

엄마 안의 아직 덜 자란
어린아이를 안아주고 싶었다.

그림 속에 진짜 네가 있구나
완벽하진 않아도 내겐 좋은 엄마야

네가 사는 세상의 문

마음이 닿았다. 영혼의 만남. 이런 거창한 말을 쓰고 싶지 않았지만, 내 마음속 외롭던 아이가 하연이를 만나니 뭔가 달라진 느낌이 들었다. 우리는 말없이 한동안 안아줬고, 등을 쓰다듬어주었다. 서로를 위한 진심 어린 위안이 팽팽하게 당겨져 있던 긴장감을 풀어주었다. 깊은숨이 새어 나왔다. 잠이 들고 싶었다. 오랜만에 단잠을 잘 수 있을 것 같았다.

어깨 너머로 액자 속 하연이가 보였다. 지하철에 앉아 졸고 있는 하연이. 덧니를 드러내며 입을 벌리고 자고 있다. 아마 침도 흘리고 있겠지. 옆에 앉은 사람은 우주 괴물이 자신의 어깨에 체액을 흘리고 있다는 상상을 하는 것 같다.

하연이는 사춘기라는 다른 세상에 살고 있었다. 다른 시간, 다른 공간, 다른 생각. 그 속에서 치열하게 자신의 삶을 꾸려 가고 있었다.

문득 하연이의 세상은 웹툰 같다는 생각이 들었다. 부모가 작가고, 부모가 그리는 자녀가 주인공이다. 부모는 자신이 원하는 모습으로 주인공을 만들어간다. 예쁜 옷을 입히고, 가야할 장소를 정해주고, 때가 되면 어디로 움직여야 할지 시간표를 짜준다. 엔딩 스토리까지 이미 구상이 끝났다. 주인공은 그저 부모가 구상한 대로 움직여주면 된다. 갈등과 위기를 만나면 작가인 부모가 해결 방법을 찾아주고, 그 상황이 해결되면 주인공은 성장한다.

자녀는 주체적으로 성장하는 것 같지만, 알고 보면 부모의 의도에 많이 휘둘리는 상황이다. 그러던 어느 날 주인공의 자아가 깨어난다.

"내가 원하는 건 이게 아닌데 왜 이렇게 흘러가는 거지?"

그리고 부모란 존재를 인식한다. 부모가 만들어준 삶, 부모에게 조종당하는 삶에 저항을 시작한다.

"나도 내 인생이 있다고."

그때부터 작가와 주인공의 싸움이 시작된다. 엔딩을 차지하기 위한 싸움.

액자 속 하연이를 다시 들여다보았다. 재미있게 설정한 그림이라고 생각했는데, 그게 아니었구나. 그게 하연이가 살고 있는 세상이었다. 내가 모르는 너만의 세상에서 너는 치열하게 살아가고 있었구나. 엄마와 함께하는 시간이 줄어들수록 너의 세상은 점점 커져가겠지. 그 속에서 만나는 사람들, 그 사람들과의 대화에서 너는 무엇을 배우고, 어떤 생각을 하고, 어떻게 자라고 있을까? 네 시선으로 바라보는 세상은 어떤 모습일까?

지하철을 탄 너는 어디로 가고 있는 걸까? 잠에 취한 너는 어젯밤에도 친구들과 그림 그리느라 밤을 새웠을 거야. 우리를 이해해주지 못하는 어른들이 답답하다 토로하며 너희만의 세상을 만들어갔을 거야.

노트를 끌어안고 자는 자세가 딱 너답다. 근데 엄마 속도 모르고 태평하게 자는 모습이 조금 얄미워. 그래도 너의 길을 열심히 달리고 있는 네가 좋아. 문이 열리면 벌떡 일어나 활짝 웃으며 뛰어나가겠지. 너의 까랑까랑한 목소리가 들리는 것 같아. 길 건너 세상은 네가 만들어갈 너의 세상이니, 일단 엄마가 지켜볼게.

"하연아, 저 그림 속 아이 진짜 너 같아."

"나 맞아. 내가 저렇게 표정 지은 걸 선생님이 사진 찍어줬거든. 그거 보고 그린 거야. 교복도 입고 있잖아. 노란색 타이, 내 노트도 보이고."

"덧니 보고 너인 줄 알았어. 정말 지하철에서 저렇게 자?"

"응. 나는 지하철에서 잘 자. 옆의 사람 표정 보여? 리얼하지?"

"응. 우주 괴물 보고 있는 사람 같아."

"푸하하하하. 우주 괴물이래."

"이 뒷모습만 보이는 사람도 어떤 표정이었을까 궁금해."

"미술 선생님이야. 어깨 살짝 떨리게 그렸는데 보여? 지하철 광고 속 미술 학원이야. 재미있지?"

"네 표정이 더 재미있어. 입에 벌레 들어가겠어. 저렇게 자다가 역을 놓치면 어떻게 해?"

"내가 또 알람을 맞춰놓고 자지."

그림 이야기에 신난 하연이는 벌떡 일어났다. 어느덧 새벽 4시. 거울 앞에 선 하연이는 개인기를 시작했다.

"엄마, 잘 봐. 음~~~~~~~~ 우~~~~~~~~~~~~ 이게 뭐게?"

느끼한 소리를 내며 몸을 이리저리 꼬더니 머리 위로 두 손을 올리고, 다리를 벌린 채로 구부정하게 서 있다.

"그게 뭐야?"

"생닭. 이건 뭐게? 튀긴 닭."

"푸하하하하!"

참 생뚱맞다. 그렇게 하연이는 닭 퍼포먼스를 이어갔다.

"하연아, 이건 엄마가 글로 표현을 못할 것 같은데 영상으로 찍어서 올려도 돼?"

"엄마아, 왜 그래?"

"너무 재미있어서 그래. 혼자 보기 아까워서."

이후에도 닭이 살아서 뛰어다니며 털이 빠졌다 튀겨졌다를 반복했다. 그 디테일이 너무 살아 있어 웃겼다.

어른이 되면 완벽해질 줄 알았지

엄마를 이해해주기로 했다. 나는 이제 겨우 16년 살았지만, 어떨 때는 적게 산 사람의 마음이 더 넓은 것 같기도 하다. 동생이 매일같이 나한테 구박받으면서도 게임 같이 하자고 조르는 걸 보면. 엄마는 나이를 먹어서 이해할 게 많으니까 내가 더 많이 이해해야지 뭐. 엄마가 미안하다고도 했잖아.

엄마는 내 그림을 좋아한다. 반응이 분명하다. 잘 그린 그림에는 "와, 잘 그렸다! 완전 예뻐. 색감도 딱 내 스타일이야! 엄마한테 이 그림 보내줘!"라고 말이 길어진다. 그런데 못 그렸거나 엄마 마음에 안 드는 건 "잘 그렸네" 하고 끝이다. 이렇게 속이 훤히 보이는 엄마니까 내게 한 사과는 진심이었을 것이다.

엄마는 참 서툴다. 어린 내가 봐도 참 서툴다. 어른이 된다고 모든 걸 다 잘하는 건 아닌가 보다. 어른이 되면 모든 걸 다 잘할 줄 알았다. 완벽해지는 줄로만 알았다. 그런데 아직 그런 완벽한 어른을 만나지 못했다. 엄마도 아빠도 선생님도, 심지어 할아버지까지도.

엄마는 서툴지만 그래도 내겐 좋은 엄마다. 라면도 같이 먹어주고, 내 말도 잘 들어준다. 지금 이 밤도 내 이야기를 이상하다 안 하고 잘 들어준다. 대화보다 화해가 먼저라는 말에 맞다고 말해줘서 좋았다. 무슨 어른이랑 화해냐고, 쪼그만 게 건방지다 할까 봐 조마조마했는데. 내가 말하는 사춘기 세상에도 동감해주고. 신호등 이야기를 하니까 초록불은 언제 커지냐, 신호등이 없으면 어떻게 하느냐 진지하게 물어본다. 이건 진짜 내 말을 믿는다는 뜻이다. 대충 대답하지 않았다. 내 대답에 그 상황을 진지하게 받아들이는 엄마의 표정을 보니 말하길 잘했다는 생각이 들었다.

엄마와 이런 대화를 할 수 있는 게 신기했다. 엄마의 표정도 한결 부드럽고 기분이 좋아 보였다. 그런 엄마를 보니 나도 기분이 좋아졌다.

"엄마는 완벽하진 않아도 좋은 엄마야."

"정말? 좋은 엄마랑 나쁜 엄마의 차이는 뭔데?"

"이야기를 잘 들어주는 거? 엄마는 내 말도 잘 이해해줬잖아. 그러니까 좋은 엄마지."

"기분 좋은데."

나는 약 먹은 걸 후회하지 않는다. 그때는 너무 힘들고 아팠으니까. 다시 그때로 돌아간다고 해도 난 또다시 그렇게 할지도 모른다. 다만 이제는 그러지 말아야겠다는 생각이 든다. 돈도 많이 들고, 엄마도 슬퍼하니까. 나도 속이 많이 아팠다.

엄마는 그때 이후로 내 눈치를 본다. 다시 친절한 옛날의 엄마로 돌아왔다. 아빠는 내게 말을 잘 걸지 않는다. 지금은 이 정도 거리가 딱 좋다. 아빠를 사랑하지만 아직 아빠가 밉다. 나는 아빠를 많이 닮았다. 아빠처럼 초긍정 자뻑 소녀였는데……. 그런 내가 좀 사라진 느낌이다.

하지만 오늘은 엄마와의 대화로 기분이 많이 좋아졌다. 기분도 좋아졌는데 다시 한번 날아볼까?

"엄마, 잘 봐! 이게 뭐게?"

"그게 뭐야?"

"생닭!"

"푸하하하하!"

엄마를 웃기는 건 너무 쉽다.

3

조금은 멀게,
조금은 또 가까이

너 하고 싶은 걸 해봐

그날, 우리는 한바탕 같이 웃고 새벽 4시가 넘어 각자 잠이 들었다.

다음 날 아침 늦게 일어난 내게 집 풍경은 변한 게 없었지만 마음만은 새로웠다. 하연이의 방으로 가서 문을 열었다. 문 여는 소리에도 깨지 않고 아이는 색색 잘 자고 있었다. 그동안 얼마나 많은 말을 하고 싶었을까. 자는 아이의 머리를 쓰다듬으며 눈과 코, 입을 자세히 봤다. 사춘기답게 여드름이 알알이 올라오고 있었다.

아이의 환한 웃음이 보고 싶었다. 언제부터 아이는 웃음을 잃었던 걸까? 기억을 더듬어봤다. 아마도 내 말에 따르라고 했던 때부터였던 것 같다. 그전까지 아이는 하고 싶은 대로 해왔다. 그런데 내가 아이를 위한다는 명목으로 조바심을

낸 나머지 아이의 진로부터 간섭을 해댔다. 다시 아이가 하고 싶은 대로 할 수 있게 도와줘야 할 것 같다. 아이에게 삶의 주도권을 주어야겠다.

"하연아, 일어나 봐."

"엄마, 왜?"

"예고 준비 그만두자. 너 가고 싶다던 웹툰 학원 알아보자."

잠 깨는 게 오래 걸리던 아이가 눈을 번쩍 뜨더니 나를 와락 끌어안았다.

"와! 엄마 진짜야? 정말? 꿈이야? 엄마, 사랑해!!!"

하연이는 자리에서 벌떡 일어나 춤을 추고 돌아다녔다.

"엄마, 나 너무 좋아. 진짜 좋아."

아이가 웃었다. 그거면 됐다.

"나 이제 웹툰 학원 다닌다~!"

자랑이 이어졌다.

하연이는 그간 여러 차례 통증을 호소했다. 레퍼토리도 다양했다. 매일같이 출근하는 나를 붙잡고 배가 아프다고, 소화가 안 된다고, 머리가 아프다고, 장 트러블이 났다고 했다.

"엄마, 나 아파."

왜 이리 예민할까 했는데, 그게 다 스트레스 때문이었다. 신경성 소화 불량, 신경성 두통, 신경성 대장증후군, 신경성 위염 등. 진짜 아팠겠구나.

이제 잔소리를 하는 대신 증상을 완화시켜줄 치료법을 찾아봤다. 소화 불량과 위염에는 노루궁뎅이버섯, 양배추, 삼백초가 들어간 환이 좋단다. 환을 주문하고 찜질팩도 주문했다. 라면 먹지 말라는 잔소리 대신 유산균을 먹여야지.

"하연아, 엄마랑 마라탕 먹으러 갈까?"

"응, 좋아!"

가장 좋아하는 음식인데 먹을 때마다 잔소리를 해댔다.

"속 안 좋은데 그 매운 걸 왜 또 먹어? 그 돈이면 더 맛있는 걸 먹겠다. 그만 먹어. 그러니까 배가 아프지. 먹고 와서 또 배 아프다고 하지 말고."

오늘 뭐 먹었냐는 질문에 하연이는 눈동자를 굴렸다. 거짓말을 할까, 사실대로 말할까 고민하는 것이었다. 결국 작은 목소리로 "마라탕"이라고 답하면 나의 잔소리는 끊임없이 이어졌다. 먹을 때마다 속이 아플 만도 하다.

마라탕 집에 가서 스테인리스 그릇에 건두부, 해물, 백목이버섯, 중국 당면, 청경채, 숙주, 라면, 메추리알까지 듬뿍 담았다. 육수는 소고기로. 드디어 완성된 마라탕이 나왔다. 소담하게 쌓아올린 재료 위로 빨간 고기 국물에서 김이 모락모락 올라와 군침이 돌았다.

"하연아, 맛있어?"

"응. 슬픔이 사라지는 맛이야!"

"멋진 말이네."

"엄마, 나 사고 싶은 책이 있어. 근데 엄청 비싸서."

"뭔데?"

"인체 해부학 책이랑 근육 모양 있는 드로잉 책."

중고 책 사이트를 같이 뒤져서 깨끗하고 저렴한 책을 찾기 시작했다. 더 싼 책을 찾으면 두 손을 힘껏 마주쳤다.

"나 인체랑 배경 가르쳐주는 학원 다니고 싶어."

주도권이 완전히 넘어갔다. 아이의 눈빛이 다시 호기심으로 가득했다.

"나 예고 미술과 안 가도 돼?"

"응. 예고 애니과도 좋고, 일반고에 가서 웹툰 학원을 다녀도 좋고. 애니메이션 특성화 고등학교도 있다는데 같이 찾아보자. 뭐든 좋아. 너 하고 싶은 거 해. 네가 그랬잖아. 너만의 길을 찾는 거라고."

바로 하연이와 인터넷으로 가보고 싶은 웹툰 학원을 찾아보고 두 군데를 골랐다. 두 곳 모두 하연이 혼자 움직이면 왕복 두 시간 정도 걸리는 거리에 있었다. 중학생이 혼자 다니기에는 좀 먼 듯도 했지만, 가고 싶은 곳이면 또 열심히 다닐 하연이었기에 일단 상담을 받아보기로 했다.

다음 날, 첫 번째로 골라둔 웹툰 학원에 갔다. 예고 애니과나 애니 특성화고를 목표로 가르치는 입시 전문 학원이었다. 확실히 일반 미술과를 목표로 하는 곳과는 분위기가 달랐다. 소묘 대신 캐릭터, 아그리파 대신 피규어가 있었다. 나조차도편하고 익숙한 느낌이었는데 하연이는 오죽했을까. 이전 학원에서는 조용하던 아이가 말문이 트였다. 스토리보드, 컷 만화 등 그들만의 용어로 상담이 이어졌다. 하연이는 궁금한 것들을 차근차근 물어보며 예리한 눈으로 상황을 정리하고 있었다.

말을 들어보니 예고의 애니과도 경쟁이 치열하긴 마찬가지였다. 아니, 그보다 더 치열한 느낌이었다. 하지만 하연이는 상관없는 듯 보였다.

상담에 들어가기 전 하연이는 나에게 다짐을 받았다.

"엄마는 귀가 얇아서 금세 넘어가는 경향이 있어. 어디든 상담 받아보면 다 좋아 보여. 그러니까 바로 한다고 하지 말고, 그냥 듣기만 해."

그랬다. 나는 영업사원들이 좋아하는 귀 얇은 여자였다. 한시적 이벤트, 이달의 특가, 다음에는 없어요, 같은 누구나 다 아는 통상적인 마케팅 전략에도 쉽게 넘어갔다.

하연이의 예상은 맞았다. 상담 선생님의 말만 들으면 하연이를 바로 애니고에 합격시켜줄 것만 같았다. 나는 이미 다음 달 수업 스케줄을 물어보고 있었다. 옆에서 하연이가 허벅지를 꾹 눌렀다. 하연이가 학교와 집에서 학원까지 걸리는 시간을 잘 생각해서 결정하겠다고 마무리하고 나왔다.

"엄마! 또 넘어갔지?"

"어? 어."

"여기는 다양한 시도를 해서 재미있게 배울 수 있을 것 같긴 해. 학생들 그림을 보니 가르치는 실력도 괜찮은 것 같고. 근데 입시 준비하려면 매일 와야 하는데 학교에서 버스 갈아타고 오려면 한 시간은 걸리겠네. 좀 멀긴 하다. 엄마, 나 육회 비빔밥 먹고 싶어."

육회 비빔밥에 돼지갈비, 후식으로 와플과 복숭아 아이스티까지 먹었다.

"내일은 홍대에 있는 학원 가볼까? 버스 한 번 타면 가니까 거기도 한 시간 정도 걸릴 것 같은데. 맛있는 회전초밥집도 있어. 간 김에 초밥도 먹고 올까?"

"그래! 내가 또 초밥 킬러지. 엄마랑 가서 혼자 열세 접시 먹었잖아. 엄마는 일곱 접시 먹었던가?"

"그걸 기억해?"

"응. 진짜 맛있었거든. 엄마랑 둘만 가서 더 좋았어. 내일은 몇 접시 먹을까? 가는 길에 화방에도 들리자. 미술 재료 천국이야. 노트도 그램 수별로 다 있어."

"노트는 다 같은 거 아냐?"

"엄마. 종이 두께에 따라 그림이 얼마나 달라지는 줄 알아?"

집으로 가는 동안 종이 두께에 따라서 달라지는 그림 이야기를 들었다. 노트는 그램 수가 중요했다.

앞으로 길은 너에게 물어볼게

크다. 세련됐다. 홍대에 있는 학원들을 보며 든 생각이다. 역시 미대 입시는 홍대구나. 엄마의 욕심이 또 치고 올라온다.

하연이와 홍대에 있는 한 입시 전문 웹툰 학원에 왔다. 로비에 앉아 천천히 둘러보니 피규어들이 잘 보이는 위치에 자리 잡고 있었다. 여자 선생님 한 분이 간단한 그림 테스트를 한다며 하연이를 '상담실'이란 팻말이 붙은 방으로 데리고 들어갔다. 창문이 작고 어두워 안이 보이지 않았다. 테이블 위에 있는 오렌지 맛 사탕을 하나 까서 물었다. 다음은 포도 맛. 상담 받고서 점심을 먹자고 끼니를 미룬 터라 시간이 많이 흘러 허기가 졌다. 복숭아 맛 사탕을 하나 더 까서 녹이고 있을 때쯤 하연이가 나왔다.

잠시 기다리다가 또 다른 상담실로 안내를 받아 들어갔다.

이번에는 나도 함께였다. 안에는 짧은 스포츠머리에 수염이 난 선생님이 앉아 있었다. 하연이는 핸드폰에 담아간 자신의 그림을 보여주었다.

"나는 개인적으로 이런 스타일이 좋아. 이건 어떻게 그린 거야? 느낌 좋다."

상담 선생님은 하연이의 그림을 보며 이런저런 말을 건넸다. 벌써부터 예술 창작자로 존중해주는 느낌이었다. 그동안 마음이 불편했던 이유를 알았다.

입시 미술 학원에서는 그림을 잘 그린다, 기초가 잘 잡혀 있다는 식으로 그림 실력을 평가한다. 칭찬하지만 아이를 긴장하게 하는 것이다. 아무래도 그림 실력이 기준이 되는 만큼 남보다 잘 그리는 게 중요했다. 미술 학원 선생님이 보기에 하연이는 기초가 부족했다. 자유롭게 그리라고 별달리 학원에 보내지 않았기 때문이다. 예술가에게는 창작력이 중요하다는 나름의 소신이었다.

덕분에 하연이의 그림은 자유분방했다. 기법도 재료도 정해진 기준이 없었다. 따라 하고 싶은 그림이 있으면 스스로 방법을 찾아서 연습하고 또 연습했다. 그렇게 습득된 기법들은 새로운 조합을 만들었다. 그림 그리는 일은 즐겁고 신나는데, 막상 예고를 준비하는 과정에서 그림이 대학을 가는 수준과 못 가는 수준으로 평가되니 하연이는 흥미를 잃었다. 그림을 둘러싼 경쟁은 하연이를 무기력하게 했다. 자신감도 바닥으로 떨어졌다.

사회에서 인정받으며 좋아하는 일을 계속하는 방법은 입시 제도를 통과하는 일이라고 생각했다. 창작력이 중요하다고 생각해 아이를 학원에 보내지 않았으면서 결국 나는 아이를 입시 제도에 밀어 넣는 선택을 하고 말았다. 그 사이 하연이가 그린 그림들은 쓸모없어진 인형처럼 버려졌다.

하지만 웹툰 학원의 선생님은 하연이의 거침없는 그림 속에서 가능성을 봐주었다. '개인적으로'라는 말은 평가의 의미가 아니다. '나는 좋지만 다른 사람은 안 좋을 수도 있다'는 취향 혹은 호불호를 말하는 것이다. 하연이는 자신이 좋아하는 그림이 무엇인지, 평소에 어떻게 그림을 그리는지 진지하게 말했다. 오랜만에 진짜 하고 싶은 그림 이야기를 꺼내놓은 탓일까, 이어지는 선생님의 이야기를 어느 때보다 진지하게 들었다.

"아이들이 예고 준비를 힘들어하는 이유가 있어. 자기가 좋아하는 그림을 그리기 어렵거든. 예고 준비를 하려면 최소한 1년 동안은 자기가 그리고 싶은 그림보다는 학교에서 원하는 그림, 입시에 성공할 수 있는 그림 그리는 법을 연습해야 하니까."

아이의 입장을 이해하는 현실적인 조언이었다.

"예고 입시 과정이 참 쉽지 않아. 매일 네 시간씩 학원에 와서 그림 수업을 받아야 하고, 집에 가서는 성적 관리 때문에 또 학교 공부 해야 하고. 주말에는 보충 공부 해야 하고. 말 그대로 입시고 경쟁률이 높으니 실력과 성적 둘 다 잡고 갈 수밖에 없어. 어쩌면 대입보다 이때가 더 힘들 수도 있어."

"맞아요. 저는 제가 고3인가 했어요."

"하연이는 체력이 좋니?"

"아니요."

"여기는 집에서도 학교에서도 멀지? 그런데 하연이가 학교 끝나고 학원 오고, 다시 집에 가서 다른 과목 공부하려면 체력이 필수겠지? 그리고 애니고 입시 준비도 쉽지 않아. 그리고 싶은 그림을 그리는 걸 참을 줄도 알아야겠지."

"그건 정말 어려울 것 같은데요."

"응. 그래서 쉽지 않아. 아니면 일주일에 두 번 정도 취미로 그리고 싶은 그림을 그리다가 대학 입시를 준비하는 방법도 있어. 그래도 하연이는 엄마랑 사이가 좋네."

"네?"

둘이 동시에 외쳤다.

"다른 친구들은 엄마랑 같이 상담실에 잘 안 들어오려고 하거든요. 테스트 그림 엄마 보여주기 싫어서 가리고 저만 보여주는 경우도 있고요. 하연이는 엄마랑 상의도 하고 웃으며 말하잖아요. 사이가 엄청 좋아 보이는데요."

맙소사. 순간 이 시대에 사춘기 아이들을 둔 엄마들이 불쌍했다. 엄마는 학원비만 결제하면 되는 사람인가. 한편으로는 엄마들한테 얼마나 시달렸으면 그럴까 이해하는 마음도 들었다.

"잘 고민해보시고 연락 주세요."

그렇게 상담은 끝이 났다. 이제 뒤늦은 점심을 먹을 시간. 초밥집을 찾아서 가는데, 근처까지 와서도 찾기가 어려웠다. 순간 학원에서는 없었던 의욕이 불끈 솟아올랐다. 꼭 찾아낼 거야! 그때 하연이가 지도 앱을 켰다.

"엄마, 이 골목으로 들어가면 될 것 같아."

고개를 내밀어 골목을 들여다봤는데 보이지 않았다. 내가 본 지도에도 다른 곳으로 나왔다. 결국 가게에 전화했다. 이런, 하연이가 말한 곳이 맞았다. 골목으로 열 걸음 들어가 보니 안쪽으로 움푹 들어간 장소가 하나 있었는데, 바로 거기였다. 하연이가 말했을 때 눈으로만 보지 말고 걸어와볼걸.

회전판 위를 돌고 있는 접시를 보며 하연이가 외쳤다.

"엄마! 나 오늘 20접시 먹을 거야! 엄마는 10접시 채워. 시작!"

하연이는 접시가 쌓이는 게 좋다며 차곡차곡 쌓아갔다. 10층쯤 채우고 배가 좀 찼는지 속도를 줄였다.

"여기 학원은 어때?"

"응, 괜찮아. 어제 간 학원은 취미로 배우면 될 것 같고. 예고 애니과를 준비할 거면 오늘 학원에 다니고. 그런데 한 군데 더 가보고 싶은 데가 있어."

"어딘데?"

"컴퓨터 아트 학원. 내가 배우고 싶은 것들이 거기 다 있어."

"내일은 엄마 일해야 해서 같이 못 가는데 어쩌지?"

"혼자 다녀올게. 거기까지 가보고 결정할게."

"전화해서 상담 잡아봐."

하연이는 즉시 학원에 전화해 궁금한 것들을 물어보고 상담 시간을 잡았다.

"엄마는 웹툰 학원 가보고 깜짝 놀랐어."

"왜?"

"다니던 입시 학원과 분위기가 달라서. 배우는 것도 다르고. 엄마는 같은 미술이니까 분위기가 비슷할 거라고 생각했거든."

"당연히 다르지. 그래서 내가 힘들었던 거고."

"엄마는 일반 미술이 기본이니까 기초를 잘 다졌으면 했지."

"엄마, 그건 김연아가 피겨를 좋아하는데 기초를 잘 다져야 하니까 쇼트 트랙을 배우라고 하는 거랑 같은 거야."

"뭐? 그렇게 말하니 딱 이해가 되네."

"역시 나는 말도 잘해."

"하연이 너 길 잘 찾더라."

"엄마, 내가 친구들이랑 어디 가면 지도야. 아이들은 돈을 대고 나는 길을 안내하지. 앞으로 길은 나한테 물어봐."

"그래, 엄마보다 잘 찾네. 다음부터는 하연이에게 물어볼게."

하연이는 다른 쪽에 접시를 다시 쌓아 올리기 시작한다. 양쪽으로 쌓아 올린 접시 탑 사이로 반달눈을 한 토끼가 입을 오물거린다.

무엇이 고맙느냐고 물어본다면

그로부터 며칠 후 나는 하연이로부터 생일 편지를 받았다. 하연이는 고래 안에 엄마가 좋아하는 해, 달, 별을 꿈처럼 가득 채워 주었다.

고마워
무엇이 고맙냐 물어본다면
역시 따라보는 그물음이 고맙다고 말할게
| 나선미 네가 있어줬잖아

항상 고마운 엄마에게.
편지를 쓰는 건 너무 오랜만이라 무슨 말부터
해야 할 지 모르겠어서 엄마와 어울리는
예쁜 문구부터 붙여봤어.
우리 엄마, 생일 축하해. 힘들 때에도 기쁜
때에도 늘 함께 있던 우리 엄마. 태어나주셔서
고마워. 살면서 힘든 일들도 많았을텐데
여기까지 헤쳐오느라 고생했어. 👏

생일이니까 우선 평소에 전하지 못했던
고마운 마음을 전해보려 해. 우선 날 이해해주려,
사랑해주려 힘써줘서 고마워. 사랑을 받는 것과
주는 것에 서툰 엄마지만 노력해줘서 고맙고,
하고 싶은 일들이 많지만 우리를 위해 바쁘게
일해주는 것도 고마워.
...
일년 전에도 그랬고, 오늘도 그리고 생일에 맞춰

선물 제대로 못 챙겨준 건 너무 많아서.
계속 말 안 듣고 속썩이는 것도 미안하고,
엄마가 당연히 해줘서, 하고 나도 모르게 그냥
넘기는 것도 미안해. 엄마 나라 고마워할 일요가
없는 건 아닌데. 편지에서라도 평소에 많이 못
해준 고맙다는 인사를 전해볼게.
항상 미안하고 고마워.

축 늘어진 채로 있으면 옆에 다가와 우슨 일
있나고 물어봐주는 엄마가 너무 좋아.
행복하게 웃고있을 때에도 무슨일이냐고 물어봐주는
엄마가 너무 좋아.
항상 친구처럼 친근하게 다가와주는 엄마가
그냥 좋아.
...
하루하루 힘써주는 엄마를 위해 나도 내가
해야 할 일들은 열심히 해볼게!! 내가 일상 속에서
할 수 있는 건 이런 사소한 것들 밖에 없지만
앞으로 엄마가 조금이나마 행복하길을 바래.
늘 고맙고 사랑해.
:
HAppy birth day

그렇더라도 할 건 합시다

하연이는 컴퓨터 아트 학원에 다니기 시작했다. 주 3회, 저녁 8시부터 10시까지 한 시간 거리를 성실히 다녔다. 확실히 하고 싶은 걸 하게 해주니 나아지는 게 보였다. 하지만 여전히 나아지지 않는 문제들도 있었다. 대표적으로 잠자는 시간. 늦게 자니까 다음 날 생활하는 걸 힘들어했다. 그 일로 또 다툼이 일었다. 오늘은 조정을 해봐야지 생각하고 여느 때처럼 아이를 데리러 학원에 갔다.

집에 오는 길, 아이가 예민하게 반응할 이야기를 꺼냈다.

"하연아, 엄마가 웬만하면 너 하고 싶은 대로 하게 놔두고 싶은데 잠자는 시간만큼은 조절이 필요한 것 같아. 몇 번을 약속하고도 여전히 날을 새니까 엄마가 또 잔소리하게 되잖아. 그래서 방법을 생각해봤어. 이제 12시 되면 와이파이 꺼질 거야."

"이번 주에 사람들이랑 놀기로 했단 말이야."

"다음 주에 시험이잖아."

"그럼 오늘만."

"그래."

그때부터 아이는 말이 없다. 나도 입을 다물었다. 하연이가 먼저 정적을 깼다.

"좋아. 근데 나 매일 그렇게 일찍 자는 건 안 되겠어."

다시 침묵이다. 집에 도착하자마자 하연이는 방으로 들어가버렸다. 똑똑. 노크를 하고 셋을 센 후 방문을 열었다. 하연이는 눈물을 뚝뚝 흘리며 무언가를 열심히 쓰고 있었다.

엄마가 나한테 자는 시간만큼은 양보 못하겠다고 했는데, 나도 이건 양보 못할 것 같아.

1. 외로움

뜬금없어 보일지 모르겠는데, 내가 하루에 사람과 대화하는 시간이 아주 적어. 쉬는 시간은 5분이고. 점심시간에도 거리두기 때문에 친구들 가까이 가지도 못하고. 친한 친구들은 저녁에 통화하면서 놀던데 나도 친한 사람들과 밤에 통화하고 싶어.

2. 즐거움

그림도 가끔 그리기 싫을 때 있고, 현실의 인간관계는 이것
저것 신경 쓸 일이 많은데 넷 친구들이랑은 그런 걱정 없이
밤새 놀 수 있음.

이해가 안 가는 건 아니다. 하지만 아직 학생이니만큼 일상
생활에 지장이 가지 않도록 잡아줄 책임도 내겐 있다.

"엄마도 네가 원하는 대로 다 해주고 싶어. 그런데 잠을 제
대로 안 자니까 자꾸 아프고 그러지. 해야 할 일도 못하고 힘
들어하잖아."

"내가 수면 부족으로 세 번 아프게 되면 일찍 잘게."

"그 약속도 많이 했잖아. 너도 노력하고 있는 거 엄마도 알
아. 그런데 그건 노력한다고 되는 게 아니야. 잠이 부족하면
누구나 짜증나고 힘들어. 12시에 자는 것도 엄마가 많이 양
보한 거야. 네 나이면 적어도 일곱 시간은 자야 해."

"1시에 자도 8시에 일어나면 일곱 시간이잖아."

"학교 가는데 7시에는 일어나야지."

"8시에 일어나도 지각 안 할 수 있어."

"대신 시간 없어 허둥지둥 재촉당하잖아. 밥도 못 먹고, 씻지도 못하고, 잠 덜 깨서 머리도 아프고. 그리고 너 아침에 화장실 가면 오래 걸리잖아. 엄마도 신경성 두통, 복통, 위염 겪어봤고 또 찾아봤어. 네가 많이 힘들고 아팠다는 것도 알고. 그런데 치료 방법이 충분한 수면과 운동, 규칙적인 생활과 건강한 식습관이라잖아. 그러니 어떻게 잠을 양보해? 건강이 달려 있는데."

"엄마, 나 잠 일찍 자는 게 스트레스야. 나 요즘 많이 건강해지고 있다고."

"뭐? 어떻게?"

"아침에 화장실에 있는 시간도 짧아지고, 두통도 한 시간 정도 있으면 괜찮아져. 밥도 잘 먹고, 점심시간에 운동도 해. 애들 중에 내가 체력 제일 좋아."

내가 걱정하는 그 시간이 아이에게는 필요한 시간이었고 아이를 나아지게 하고 있었다. 결국 나는 지고 말았다. 아이 마음만 상하게 할 뿐이라는 걸 알고 나서는 이기고 지는 게 중요하지 않았다.

"그럼 몇 시에 자고 싶은데?"

"3시. 내가 이번에 성적 잘 나오면 허락해주라고 협상하려고 했어. 성적 오른 거면 공부 열심히 하고 있다는 거니까. 이

거 봐봐. 수행평가도 열심히 준비했어."

하연이는 영어 말하기를 큰 소리로 읽어 보였다.

"잘하지?"

"잘하네. 노력하는 거 알아. 그러면 주중 평균 수면 시간을
맞추자. 다음 날 일찍 일어나야 하는 날은 일찍 자고, 금요일
같은 날은 좀 늦게 자고."

"알았어. 그럼 내가 시간표를 짜볼게."

수면 시간표를 짜는 아이는 신이 났다.

"엄마, 사람이 깨어나서 가장 기분 좋은 수면 시간이 5시간
30분에서 7시간 30분이래. 평균 이 시간 안에서 배치한 거
야."

"세 번 어기면 무조건 12시다."

"네, 협상 완료."

"그래, 협상 완료."

"훌륭한 협상이었다."

하연이가 굵은 목소리로 말했다. 그러면서 나에게 하이파
이브를 청했다. 나는 받아주었다.

"이게 아니지, 짝 소리 나게!"

다시 한번 짝 소리 나게 하이파이브를 했다. 나의 굳은 생
각 사이로 아이는 알아서 잘 깨어나고 있었다.

우리 다시 교환일기 써볼까요?

"딸! 우리 교환일기 써볼까? 책으로 나온 게 있더라."

그로부터 며칠 후 내가 딸에게 책 한 권을 쓱 내밀었다. 《엄마와 딸의 교환일기 : 아이가 마음을 닫기 전에》라는 책이었다.

"와, 우리 매일 신세 한탄만 했었는데. 이거 해보면 재미있겠다. 그런데 엄마, 나 짱이다."

"뭐가?"

"이 비밀일기 쓰는 거 내가 먼저 했잖아."

"아, 그러네."

하연이가 중학교 1학년이 되고 겨울 방학을 앞둔 12월의 어느 날, 나한테 노트 한 권을 쓱 내민 적이 있다. 겉에 '소녀

들의 비밀일기'라고 씌어져 있었다. 피식 웃음이 났다. 소녀
들이라니. 표지를 넘겨 첫 장을 읽어봤다.

2020. 12. 19(토)

엄마, 우리 요즘 분위기 너무 안 좋아요.

어제도 싸웠잖아요.

엄마가 왜 화났고 기분 안 좋은지 이해가 되긴 하는데, 대화 주제를 돌려서 날 혼내려 한다는 기분도 종종 들어요.

평범한 대화도 짜증내는 쪽으로 빠질 때가 많잖아요.

그래서 난 엄마가 왜 이럴까 궁금해졌어요.

어쩌면 우리 때문에 화난 게 아니라 다른 일로 온 스트레스 때문일 수도 있잖아요?

우리 서로에 대해서 알기 위해 교환일기를 써보면 어떨까요?

서로 힘든 일 있으면 그거 적고, 그거 보고 오늘은 건드리면 안 되겠다 이렇게 피해줄 수도 있고.

상대가 뭘 좋아하는지, 뭘 싫어하는지도 더 잘 알 수 있게 될 거예요.

처음에 생각한 건 대화 시간을 가지는 거였는데, 대화하

다가 싸울 수도 있고, 둘이 얼굴 보고 대화하는 건 좀 무

서우니까 교환일기를 쓰면 좋을 것 같아요.

난 엄마랑 관계가 더 좋아지고 싶어요. 그리고 엄마가 힘

들 때 그걸 알고 공감해주고 싶어요.

그리고 엄마에게 내 생각도 부담 없이 이야기하고 싶어요.

마침 이번에 할머니에게 받은 예쁜 노트도 있으니까, 여

기에 쓰면 딱일 것 같아요.

그럼 답변 부탁해요.

from 딸랑구

첫 장의 편지를 보니 기특하다가도 화가 났다. 다른 데서

오는 스트레스를 자신에게 푼다고 생각하다니. 그때, 노트를

내밀고 첫 장을 다 읽기 기다렸던 하연이가 말을 건넸다.

"엄마, 우리 교환일기 쓰자."

"좋아. 어떻게 이런 생각을 했어?"

"인터넷에 '엄마와 사이좋아지는 법'을 검색했더니 여러 가

지가 나오는데 이런 것도 있더라고."

"아이고, 그런 것도 찾아봤어요?"

"응. 엄마랑 사이좋게 지내고 싶거든."

그래서 우리는 그날부터 당장 교환일기를 쓰기 시작했다.

2020. 12. 19(토)

사랑하는 엄마 딸 하연아.

엄마 어릴 적 로망이 교환일기 써보는 것이었는데 그 꿈을 하연이가 이루어주네.

엄마는 친구 같은 엄마가 되는 게 꿈이었는데, 요즘은 하연이랑 대화하다 보면 자꾸 화가 나서 말을 아끼게 돼.

그러다 하연이가 훌쩍 커버리면 엄마랑 멀어질까 봐 걱정됐거든.

나중에 전화도 안 하고, 엄마랑 안 놀아줄까 봐.

그런데 하연이가 먼저 교환일기 하자고 말해줘서 고마워.

앞으로 이 일기장에 하고 싶었던 말들 하면서 서로 친해지면 정말 좋겠다.

엄마는 아침에 기분이 안 좋았어.

요즘 엄마는 직업이 한 다섯 가지는 되는 것 같아. 엄마, 유치원 원감, 워십 댄서, 아빠 회사 실장, 가정주부까지. 아침에 일어나서 밤까지 쉴 틈이 없는 거야.

거기다 오늘처럼 영민이 울고, 영욱이 배고프다 하면 무엇을 먼저 해야 할지 몰라서 너무 난감해. 엄마도 배고파서 힘든데. 엄마도 엄마의 삶을 살고 싶어.

하연이가 엄마의 감정 롤러코스터를 닮은 것 같아. 하연이랑 시간을 더 보내고 싶은데 시간 맞추기가 어려워서 아쉬워. 방학 때 같이 데이트하자.

하연이와 다시 친해지고 싶다던 기도를 하나님이 들어주신 것 같아서 감사해.

하연이도 어렵고 힘들 때 기도하면 좋겠어.

그리고 매일 방에만 있지 말고 거실에 나와서 얼굴 좀 보여줘.

I LOVE YOU!

엄마

2020. 12. 19(토)

어무이, 이거 교환일기가 아니라 편지가 된 것 같습다.
좀 더 간단하게 일기 형식으로 써볼게요.

오늘 눈 뜨자마자 영어 숙제를 했다. 사실 이제 수학도
해야 함. 살려줘~!
미술 잠깐 쉬는 거 굿 초이스.
비대면 수업으로 바뀌고 나서부터는 분량이 살인적으로
많아졌다. 난 문제 푸는 속도가 느린데. 힝. ㅠㅠㅠㅠㅠ
ㅠㅠㅠㅠㅠ
곧 시험인데 너무 긴장돼. 중간고사를 너무 잘 봐서. 그
래도 최대한 열심히 해볼게용. 파이팅!!!

＋ 우리 크리스마스에 넷플릭스로 〈보건교사 안은영〉 보
자!

2020. 12. 21(월)

아~ 일기처럼 쓰는 거구나.

오늘 아침에 심리 상담 받으러 간다.

'현실 치료'라고 과거도 미래도 아닌 현실에 집중해서 내

가 선택할 수 있는 것 바꾸기래.

상담 시간 좋다.

오늘부터 유치원 방학이라 그동안 미뤄왔던 일 해야지.

드디어 미용실~

머리를 짧게 자를까? 후회할 것 같고, 어쩌지?

엄마

실패해도 기르면 돼!

우리에게 주어진 시간은 많잖아.

딸

2020. 12. 23(수)

시험공부 왕창 했다. 좀 뿌듯해. 히히. 뭔가 Feel이 좋아.
내가 국어 90점 이상 맞아볼게! 못 받으면 뭐…… 못 받
는 거고. Cool~하게.
나 상담이 몇 시였더라? 기억 안 난당.
맞아, 신예가 오늘 우리 집에 와서 공부하고 싶댔어.
괜…찮…겠지? 어무이 허락해주시리라 믿슴다.
신예도 공부 열심히 잘하드라. 히히!
뭔가 편지가 급하게 마무리되는 것 같긴 한데 졸리니까
여기까지 쓰겠~~~

딸

짧게 이어진 교환일기는 이날로 끝이었다. 다시 보니 일기
장을 훔쳐보는 기분이다. 올드팝 〈(데이 롱 투비) 클로스 투 유
((They Long To be) Close To You)〉를 들으며 지난겨울 추억을 맛
보기 딱 좋았다.

그 사이 우리에게 얼마나 많은 일이 있었는지. 내가 많이

봐주고 있다고, 먼저 손 내밀고 노력하고 있다고 생각했는데 지나온 흔적들은 아니라고 말한다. 교환일기를 먼저 쓰자고 한 사람도, 밥하는 엄마의 주변을 맴돌던 사람도 하연이였다. 그러면 이번에는 내가 먼저 하자고 해야지.

그렇게 2021년 5월 첫날부터 우리의 교환일기가 다시 시작되었다.

아직은 갈 길이 멀지만

졸린 아침. 엄마가 나를 깨운다.

"하연아, 엄마가 몇 번을 깨워야 일어날 거야?"

소리를 지르며 내 방에 들어와 이불을 열어젖히고 엉덩이를 때린다. 체온을 모아놓은 이불 속 따뜻한 온기가 순식간에 사라진다. 아, 춥다. 아, 아프다. 어제 늦게 잠들어서 엄마가 부르는 소리를 처음 들은 건데 엄마는 몇 번을 불렀다고 하니. 내가 나쁜 년이다.

너무 졸립다. 5분 더 자도 지각은 아닌데, 중간에 화장실 신호만 안 온다면 말이야.

"엄마, 5분만~."

"5분은 무슨 5분이야. 빨리 일어나!"

엄마 손에 질질 끌려 화장실로 던져졌다. 아, 더러운 하루가 시작되었다.

여느때처럼 딸을 깨울 준비를 하다가 평소 하연이가 내게 해준 말을 떠올려봤다. 하연이 입장에서 본다면 이렇겠구나 싶어 그날은 기분 좋게 깨워볼까 하는 생각이 들었다. 평소보다 10분 일찍 딸을 깨우러 들어갔다. 이불을 올려 덮어주며 최대한 다정한 목소리로 불렀다.

"하연아, 일어나야지."

살살 흔들어 깨웠다. 기척이 없자 다리를 주물러주었다. 갑자기 쑥 키가 큰 탓에 성장통을 자주 앓았기 때문이다. 하연이가 몸을 뒤척이며 눈을 떴다.

"잘 잤어?"

머리를 쓸어 넘겨주었다. 침대에 같이 누워 꼭 안아보기도 했다.

"엄마, 5분만."

"그래, 5분만 더 자. 대신 5분 후에 깨우면 벌떡 일어나기다."

하연이는 이게 진짜인가 확인하려는 듯 엄마의 표정을 유심히 살핀다. 엄마가 왜 이러나 싶을 것이다. 지금은 기분이 좋아 보이지만 언제 또 변할지 모른다 생각하겠지.

아이들은 어른들의 태도 변화에 민감하고, 그럴 때마다 경계한다. 내게 또 무슨 말을 하려고 저러는 걸까, 귀신같이 알아챈다. 때로는 이래도 나를 이해할 수 있겠느냐며 더 엇나가는 행동을 하기도 한다. 사춘기 아이들은, 겉으로는 상처 하나 안 받을 것처럼 무심한 척해도 주변의 반응과 분위기에 신경을 곤두세운단다. 그러다 상처받고 사람을 믿지 못하게 된다고.

하연이도 그랬다. 자신을 향한 걱정의 말에 상처받고 사람들과 점점 더 멀어졌다. 방에 혼자 있을 때 거실에서 웃는 소리가 들리면 외롭고 자신이 따돌림당하고 있다고 생각했다.

믿음을 주기 위한 노력을 꽤 잘하고 있다고 생각했지만 또 일이 터졌다. 아이를 깨워 제시간에 학교에 보냈는데, 잠시 후 번호 키 울리는 소리가 났다. 화장실이 너무 급해 다시 왔단다. 불안했다.

"하연아, 학교 잘 다녀와! 선생님께 늦는다고 문자하고."

"네~!"

막내를 유치원에서 데리고 오는 날이라 평소보다 일찍 퇴근했다. 날씨도 좋으니 놀이터에 가서 놀자고 희희낙락하며 집으로 들어섰다. 그런데 학교에 있어야 할 아이가 방에서 튀어나와 엄마를 부른다. 이게 무슨 일이야? 불길하다.

"엄마! 화장실 갔다가 피곤해서 잠깐 누웠는데 일어나니까 3시야. 학교 못 갔어요."

맙소사. 심장이 터지는 기분이 이런 걸까. 불길이 타올라 머리를 뚫고 나갈 것만 같았다. 1초 만에 63빌딩, 아니 롯데타워 꼭대기에 앉아 있는 기분이었다. 엄마의 표정을 본 아이는 뭐라 하기 전에 눈물부터 뚝뚝 흘리고.

"선생님한테 연락했는데, 바쁘신지 연락도 없고……."

참아야 한다, 참아야 한다. 그간의 노력을 여기서 원점으로 돌릴 수는 없다. 하지만 입을 뚫고 나오는 말을 참을 수 없었다.

"너, 그러니까 일찍 자라고 했지?"

"일찍 잤어."

"이틀을 꼬박 새니 잠이 쏟아지지. 거기서 눕긴 왜 누워? 학교 늦었으면 빨리 뛰어가야지."

"머리가 아파서 그랬어. 속도 아팠다고."

하연이는 머리와 속이 자주 아팠다. 혼날 일이 있으면 더 그랬다. 병원에서는 라면과 매운 것을 먹지 말고 잠을 푹 자라고 했다. 좋아하는 음식을 참는 게 쉬울 리 없겠지만, 매일 라면이나 매운 것만 찾고 밤을 꼬박 새우면서 아프다고 하니 나가는 말이 좋을 리가 없었다.

"지금은 실컷 자서 쌩쌩하잖아. 너 잠 덜 자서, 졸려서 머리 아픈 거잖아. 학교에 못 갔으면 엄마한테라도 전화했어야지. 무단결석은 생활기록부에 그대로 남는다는데. 너 가고 싶은 학교 출석 점수 비율 높잖아. 출석 중요한 거 몰라? 아프면 빨리 말해서 병원 가서 약 먹고, 처방전 받아 병결 처리 해야지. 이렇게 있으면 어떻게 해."

"나도 알아. 그래서 깜짝 놀랐어. 선생님은 연락 안 되고, 그래서 엄마한테도 연락 못했어. 근데 속 아픈 거 진짜야. 그것 때문에 더 못 일어났어."

"일찍도 말한다. 병원 문 닫았으면 어쩔 뻔했어. 빨리 엄마랑 병원 가."

아이가 나갈 준비를 하러 방으로 들어갔다. 나는 가쁜 숨을 몰아쉬었다. 내가 심장병에 걸려 죽거나 아이가 정신을 차리거나, 둘 중 하나는 되겠지 싶었다. 부글부글 끓어오르지만 참자.

양손에 막내와 첫째의 손을 잡고 병원으로 향한다. 속이 없는 건지, 병원에 간다고 나온 주제에 나들이 나온 아이처럼 신이 났다. 어찌나 재잘대는지, 묻는 말에 둘이 동시에 대답하면서 낄낄 웃기까지 한다.

"아직도 속 아파?"

"지금은 좀 괜찮아. 근데 아무것도 못 먹어서 배고파. 죽 먹고 싶어."

"그래, 배고프겠다. 속 달래려면 죽 좋지. 어제 뭐 먹었어?"

"점심은 비빔면, 저녁은 마라탕."

어제도 두통으로 조퇴하고 점심에 비빔면 두 개를 먹었다. 그리고 저녁에는 제일 좋아하는 마라탕을 먹고.

"하연아, 종일 매운 면만 먹으니까 그렇게 탈나는 거야. 면과 매운 건 둘 중 하나만 먹자."

"알았어. 그럼 마라탕 1단계로 먹을게."

병원에 도착했다.

"아침에 자주 화장실에 가요. 배도 아프다고 하고. 두통도 자주 있고, 통증 때문에 잠을 설치는 것 같아요."

최대한 구체적으로 설명했다. 아프다는 말을 허투루 듣지 않으려는 엄마의 노력이 보이니? 현재의 상황을 이해하고 받아들여주는 것이 공감이라고 했다. 아파도 먹고 싶고 놀고 싶은 마음을 인정해보자. 어렵긴 하지만.

병원에서 나와 죽을 먹으러 갔다.

"아프거나 무슨 일 있으면 엄마한테 전화해."

"응. 나는 혼자 병원에 오려고 했지."

"왜 혼자 와. 엄마가 있는데."

"알았어. 근데 김치찌개 먹고 싶어."

"속 아프다며? 의사 선생님이 뭐랬어?"

"안 맵게 해주면 되잖아."

"으이그. 그래, 죽 먹고 속 좀 괜찮아지면."

하연이는 야채죽 한 그릇을 깨끗하게 비웠다. 병원에서 받은 약을 하나 뜯어 손 위에 올려주었다.

그날 밤 11시. 하연이는 김치찌개와 밥 한 그릇도 뚝딱 해치웠다.

내 마음에 주단을 깔고

    밤 9시 40분. 옷을 챙겨 입고 집을 나섰다. 하연이를 데리러 가는 길. 초등학교 5학년 때도 한 시간 거리는 혼자 지하철을 타고 거뜬히 다녔는데 시간이 거꾸로 가는구나. 어린아이 돌보듯 하니 자연스럽다. 하연이는 엄마가 데리러 오는 것을 좋아했다. 함께 오는 내내 엄마에게 쉬지 않고 이야기를 해댄다.

    "야식 먹고 갈까?"

    학원 앞에는 포장마차가 두 개 있다. 그래서 간혹 들렀다 오곤 한다. 오늘은 무엇을 먹을까? 나는 어묵을 택했고, 하연이는 닭꼬치를 골랐다. 뜨거운 어묵 국물로 우리는 더 친밀해졌다. 한 모금씩 마시고 뜨겁다고 불어주고, 마지막 국물은 서로 먹겠다며 실랑이했다. 팔짱을 끼고 두 번째 포장마차로 갔다. 동그란 판에 주전자에 담긴 반죽을 따르고, 두툼한 문어 다리를 인심 좋게 잘라 넣는다. 다시 반죽을 따른 후 판 뚜껑을 덮고 뱅글뱅글 돌린다. 김이 모락모락 난다.

"타코야끼 여덟 개 주세요."

타코 소스와 마요네즈 소스를 지그재그로 뿌리고 가쓰오부시를 가득 얹으니 살랑살랑 춤을 춘다. 뜨거운 한 알을 혀로 굴리며 먹다 보면 마지막에 씹히는 문어 맛이 기가 막혔다.

어느 날은 집 앞 편의점에 들렀다. 딸기 케이크와 바나나우유를 샀다.

"엄마, 놀이터에서 이야기하다 들어가자."

"그래."

놀이터에 앉아 이런저런 이야기를 하다 아빠 이야기가 나왔다. 하연이는 마지막 남은 응어리를 풀어내듯 서운했던 이야기를 쉬지 않고 쏟아냈다. 그게 아니라고 말하고 싶었지만, 꾹 참고 듣고 또 들었다. 하연이는 서러운지 눈물을 쏟아내며 울고 또 울었다.

어느 날은 차에 타면서부터 신이 났다.

"엄마, 내가 요즘에 이승윤 좋아하잖아."

"아, 그 30호?"

"응."

"엄마도 봤어. 어디가 좋아?"

"일단 말하는 게 자신감 있는데 겸손해."

"그건 어떻게 알아?"

"이승윤 무대 계속 보다 보면 알아. 완전 새 거야. 들어본 적 없는 거. 노래도 잘하고 편곡도 잘해."

"너 좋아하는 가수 없었잖아. BTS도 모르고."

"그랬지. 노래가 좋아도 사람한테 눈길이 간 적은 없었거든. 그런데 오디션 프로 보니까 사람 자체가 매력 있어."

"그런 성격을 좋아해?"

"응. 그런데 또 웃겨. 재치가 있어. 내가 동영상 보여줄게. 봐봐."

차를 잠시 세우고 동영상을 함께 봤다. 하연이는 오디션 프로그램을 시리즈로 보여줬다. 심사평에 대한 자신의 심사를 해대고 노래 해설을 했다.

"다 외웠어?"

"응. 작업할 때마다 매일 들어. 어, 이 노래! 나 이 노래 좋아! 〈내 마음에 주단을 깔고〉. 인터뷰에서 이런 말을 했어. 애매한 경계에 있는 사람이기 때문에 더 많은 걸 대변할 수 있지 않을까 한다고. 멋지지?"

노래에 맞춰 하연이도 손기타를 친다. 표정은 이미 이승윤이다.

"내 마음에 주단을 깔고 그대 위해 노래 부르리. 그대는 아는가 이 마음 주단을 깔아놓은 내 마음."

차 안은 콘서트장이 되었다. 잔망스러운 손동작을 하며 내게 윙크를 한다. 나는 어깨를 들썩이며 웃는다.

그렇게 콘서트가 끝났다. 집으로 가는 길, 어깨동무한 두 보컬의 앵콜이 이어진다.

"그대는 아는가 이 마음 주단을 깔아놓은 내 마음."

차가운 밤바람이 어둠 사이로 불어온다. 둘이 꼭 붙어 뛰어간다. 뒷모습을 사진으로 찍어 제목을 붙인다면 '행복'이지 않을까.

자뻑 소녀의 귀환

"하연 하연. 시험 잘 봤어?"

"어어. 완전 개쌉애지게 잘 봤지."

응? 뭐라고? 완전 개쌉애지게? 외계어인가? 대체 이건 무슨 말일까? 한 글자씩 읽어도 말이 꼬이고. 오타인가? 아니면 엄마한테 욕을 한 건가? 이런 말이 진짜 있기는 한 건가?

궁금해서 검색해봤다. 있었다. 웹툰 대사였다. 근데 뭔 뜻인지 도통 알 수가 없었다. 문맥상 '많이' 혹은 '알차게'라고 이해했다. '허술한 데가 없이 알차다' 뭐 그런? 그냥 물어볼걸 그랬나?

사춘기 아이와 대화하는 건 종종 어렵다. 단순히 아이가 사춘기라서 그런 것은 아니다. 언어가 다르다는 느낌이 들 때가 있다. 세대도 다르고 즐기는 문화도 다르다 보니 그런 것 같다. 그래서 예능 같은 데 '신조어 맞추기' 같은 게임도 나오는 것 아닌가. 젊은 세대랑 소통 잘해보라고. 어떻게 하겠는가. 모르는 걸 쉽게 알 수 있는 세상이 되었는데, 무조건 이상한 말 쓴다고 타박하지 말고 함께 알아가는 수밖에.

중간고사를 앞둔 주말. 어쩔 수 없이 또 잔소리가 나온다. 시험을 앞둔 학생의 태도가 아니다.

"하연아, 공부 좀 해야 하지 않아?"

"엄마, 시험은 평소 실력대로 보는 거야. 나는 국어는 공부 안 해도 잘 보고, 영어는 예비 시험에서 백 점 맞았어. 수학은 잘할 거야. 과학은 조금 공부해볼게."

대체 이런 근거 없는 자신감은 어디서 나오는 걸까? 요샛 말로 '근자감'이라고 하던가? 하연이는 어느새 본래의 자뻑 소녀로 돌아와 있었다. 시험 보는 날 아침, 결국 시험공부를 하나도 안 한 하연이는 이런 말을 남기고 집을 나섰다.

"엄마, 시험 반은 맞고 올게!"

그날 오후, 하교 시간에 맞춰 하연이에게 메시지를 보냈다.

"시험은 잘 봤어?"

"응. 반 넘게 맞췄어."

"오늘은 공부 좀 해야지."

"내일은 국어랑 수학이야. 걱정 마. 나 현아랑 마라탕 먹으러 가고 있어."

하연이는 시험기간인데도 디스코팡팡을 네 번이나 타고, 심리 상담까지 받고 집으로 돌아왔다. 상담 선생님으로부터 문자가 왔다.

역시 예상한 대로 시험은 평소 실력이라고 말하던데요. 수다 떨고, 제게 그림 엄청 그려줬어요. 진짜 왜 이리 예쁠까요? 오늘 본 시험지를 펄럭거리며 반은 더 맞았다고 눈이 안 보이게 웃었어요. 어머니, 하연이 저 주세요.

그럴 수만 있다면야 마음껏 수양딸 삼으시지요.

그렇게 하연이에게는 엄마가 한 명 더 생겼다. 그리고 그날 저녁.

"엄마, 내가 디팡을 탔는데 디제이가 나한테 남자예요, 여자예요, 그러는 거야. 여자요, 했더니 여자가 나보다 잘생기면 어떻게 해, 하며 마구 흔들어주는 거야. 그래서 날아갈 뻔했어. 팔이 너무 아파."

내일도 시험인데, 디스코팡팡이나 신나게 타고 와서는 자기 얼굴 잘생겼다는 자랑을 하고 있다. 자뻑 소녀의 귀환. 얄밉다. 날려버리고 싶다.

그다음 날, 시험이 끝나고도 한참 시간이 지났는데도 하연이로부터 아무런 연락이 없다. 결국 내가 먼저 또 메시지를 보냈다.

"하연 하연. 시험 잘 봤어?

"어어. 완전 개쌉애지게 잘 봤지."

어제 본 말인데도 도저히 적응이 되지 않는다. 대체 잘 봤다는 건가, 못 봤다는 건가. 그래서 가채점 점수를 물어봤다. 듣고 나니 기가 막힌다. 근데 본인은 공부도 안 했는데 이 정도면 잘 본 거라 자랑을 해댄다. 역시 자기는 국어를 잘한다면서.

"그래, 잘했다."

너를 완전 개쌉애지게 날려버리고 싶다.

그다음 날 아침.

"엄마! 지랄맞은 내 삶을 수용해줘서 고마워요."

"네가 지랄맞은 건 알아?"

"당연하지."

스무 살이 되면 독립할 거야

"엄마! 나 너무 신나! 살아 있는 기분이야."

"요즘 가고 싶어 하던 웹툰 학원 다니잖아. 그건 신나지 않았어?"

"그건 잠깐 신났는데, 지금은 계속 신나! 나 스무 살에 독립한다고 했잖아."

"응. 웹툰 작가로 성공해서 그런다고 했지."

"제주도에 와서 살까 봐."

빨간색 전기 차 뒤에 앉은 딸이 소리를 지른다. 신난다는 말이 고마웠다. 살아 있는 기분이라니, 내가 다 살 것 같았다. 가족이 다 함께 제주도에 여행 와 우도로 들어온 날이었다.

사실 가족 여행이라고 해서 딱히 특별할 것은 없었다. 여전히 데면데면한 부녀는 사진 찍을 때만 함께 어색한 포즈를

취했을 뿐 가까이하지는 않았다. 약속이라도 한 듯 나는 딸을, 남편은 두 아들을 돌보았다.

우도의 전기 차는 2인용이라서 나와 하연이가 같이 타고, 아빠는 막내와 같이 탔다. 둘째는 전기 자전거를 빌렸다. 우리가 빌린 전기 차는 빨간색으로 삼륜 전기 오토바이에 덮개를 씌운 거라 작고 좁았다. 앞뒤로 앉으면 차 안이 꽉 차 한껏 웅크려야 했다.

시동을 켜고 핸들을 앞으로 당겨 돌리면 출발하는데 출발할 때 덜컹, 멈추면 덜컹한다. 언덕에서 또 덜컹한다.

"엄마! 운전할 줄 아는 거 맞아?"

딸이 타박한다. 우도를 한 바퀴 정도 돌았을 때쯤 모는 게 익숙해졌다. 남자 팀은 한참 전에 우리를 지나갔다. 길모퉁이를 돌자 하늘빛 바다와 반짝거리는 하얀 모래사장이 나타났다. 또 덜컹 멈춰 섰다. 남자들이 기다리건 말건 지금은 여자들의 감성에 젖어볼 때라고 생각해버리기로 했다. 잠시 차에서 내려 감상에 젖는다.

"여기 이렇게나 예쁜데, 왜 이모랑 왔을 때는 못 봤지?"

"진짜 예쁘다. 여기 바다 정말 좋네."

바닷가로 가서 모래에 이름을 쓴다. 이름 위로 팔짱을 끼고 머리를 맞댄 모녀의 그림자가 드리운다. 사진을 찍고 그

모습을 보며 웃다가 아빠에게서 걸려온 전화에 화들짝 놀란다. 운동장에서 놀다 종소리에 놀란 학생처럼 종종걸음으로 뛰어가 다시 빨간 통 속으로 들어간다. 바다에서 담은 온기가 차 안에 가득 찼다.

문득 미술 심리 치료를 막 받기 시작할 무렵 하연이가 그린 '은유적 가족화'가 떠올랐다.

"가족을 물건에 비유해서 그려보세요. 무엇이든 괜찮아요."

하연이가 그린 그림은 이랬다. 책상 위에 바인더 꽂이와 찐빵이 있고, 스탠드가 그것들을 비추고 있다. 헬륨 풍선이 책상 다리에 묶여 자유롭게 떠 있다. 부엌 냉장고 안에는 금이 간 계란이 있다.

"아빠는 일을 많이 해요. 크고 단단한 책상이 생각나요. 엄마는 바인더 꽂이 같아요. 책장이 항상 정리가 되어 있어요. 많은 일을 하지만 척척 해내요. 영욱이는 속이 꽉 찬 찐빵이에요. 초등학교 3학년인데도 속이 꽉 찼어요. 동생도 잘 돌봐주고 자기 할 일도 잘하고요. 막내 영민이는 헬륨 풍선처럼 가볍고 이리저리 살랑살랑 떠다녀요. 너무 귀여워요. 저는 저기 냉장고 안에 있는 달걀이에요. 아직 알 속에 있어요. 이제 알을 깨고 나오려고 해요. 금이 가서 아파요."

병아리가 부화하려면 온도는 37.5~38도, 습도는 60~70퍼센트로 맞춰주어야 한다. 3주가 지나면 알에 작은 구멍이 생긴다. 8~10시간 동안 안에서 수천수만 번의 껍질 깨기를 반복하면, 알이 반으로 쫙 갈라지면서 병아리가 나온다. 그러면 어미 닭이 37.5도의 품으로 품어준다.

하연이에게도 그런 품과 온도가 필요했을 텐데. 방에 들어가 나오지 않는 아이를 따뜻하게 안아준 기억이 없다. 수천수만 번 껍질을 쪼고 밖으로 나오려고 몸을 비트는 아이를 따뜻한 눈으로 바라봐주지 못했다. 할 수 있다고 응원해주지 못했다. 아이는 냉장고 안에서 스탠드 빛을 바라보고 있다. 아마도 그 빛 아래 있는 아빠와 엄마, 동생을 보고 있는 것이리라. 아이가 짓던 멍한 표정이 그제야 이해되었다.

지금 이 순간은 다르다. 우도의 바람, 바다, 기분 좋은 온도 속에서 아이는 엄마를 오롯이 차지하고 있었고, 덕분에 몸속에 온기가 돌고 있었다.

우도에서 나와 제주의 가장 아름다운 길로 꼽히는 올레 7길을 걸었다. 제멋대로 자란 나무들 사이로 강줄기가 보이고, 물소리가 들렸다. 내려가 볼까? 어린 두 놈들은 나뭇가지를 붙들고 한 걸음씩 내려간다. 겁 많은 하연이만 이리저리 발만 디뎠다 떼고 있다. 아빠가 손을 내밀었다. 그 손을 잡고 비탈길을 내려갔다. 마지막 발을 내딛는 순간, 소용돌이치며 돌 사이를 헤치고 바다로 향해 가는 물줄기가 보였다.

강의 끝. 바다와 만나는 곳. 처음 봤다. 하연이와 함께 가까이 가봤다. 강과 바다가 만나는 지점에 놓인 돌 위에 서서 보니 바다는 서서히 깊어지지 않았다. 갑자기 뚝 떨어져 깊은 바다가 되고 있었다. 하연이의 옷을 움켜잡았다.

"엄마, 나는 여기가 좋아. 제주도 와서 본 곳 중에 여기가 제일 좋아."

"왜?"

"몰라. 가슴이 뻥 뚫리는 것 같아. 엄마! 동영상 찍어줘. 나 할 말 있어."

강과 바다가 가득 담기는 자리에 서서 하연이는 손을 흔들어 사인을 보냈다. 나는 동영상 버튼을 눌렀다.

"엄마! 사랑해! 아빠, 영욱이, 영민이! 우리 가족 사랑해! 신예, 혜인이, 현아, 시은이! 사랑해!"

마음의 끝은 어디일까. 응어리진 것을 끌어올려 토해내듯 소리친다. 그러고 나서 다시 뒤돌아 바다를 바라본다. 하연이는 이제 나를 등지고 다른 세상을 보고 서 있다.

언젠가 하연이는 말했다.

"엄마, TV에서 어떤 웹툰 작가가 혼자 사는데 작업실도 있고 정말 좋겠더라. 나도 그런 작업실 있는 집에서 혼자 살면 좋겠어. 나도 나만의 공간에서 자유롭게 그림 그리면서 살고 싶다. 돈을 얼마나 벌면 혼자 살 수 있으려나."

어떤 날은 이런 말도 했다.

"나는 혼자 있는 게 좋아. 귀가 예민해서 그런가, 동생들이 떠들면 힘들어. 어떤 날은 거실에서 가족들 웃는 소리가 들리면 외롭기도 해. 대학교에 가면 독립해서 살까?"

하연이는 종종 혼자 살고 싶단 이야기를 했다. 그리고 어느 날, 다부진 얼굴로 선언하듯 말했다.

"엄마, 나 스무 살이 되면 독립할 거야."

아, 아이는 벌써 부모를 떠날 준비를 하는구나. 어쩌면 지금 겪는 사춘기가 그 준비의 시기인지도 모르겠다.

부디 그 걸음이 도망이 아니라 모험이 되길. 엄마가 언제나 뒤에 서 있을 테니 언제든 지치면 뒤돌아보길. 그럴 때 웃으며 눈 맞춤 할 수 있기를.

나, 엄마랑 평생 살까?

"어머니, 하연이가 많이 달라졌어요."

영어 과외 선생님과 통화 중이었다. 하연이의 영어 과외 선생님도 아이가 있는 엄마로 늘 아이를 보듬어주는 배려심 많은 분이다. 그런 선생님과 만나게 되어 참으로 감사했다.

"전에도 밝기는 했지만, 수업에 들어가면 눈에 힘이 없고 멍한 느낌이었는데, 지금은 생기가 돌아요. 여전히 오래 집중은 못하고 딴소리를 하지만, 밝고 에너지가 넘쳐요. 예전처럼 부정적인 말은 잘 안 해요. 뭔가 마음이 자유로워지고 가벼워진 느낌이랄까. 어머니가 정말 노력 많이 하신 게 느껴졌어요. 엄마가 든든한 지원자라고 하던데요. 전에는 뭘 하고 살아야 할지 혼란스러웠는데, 지금은 어떤 길을 가야할지 잘 생각하고 찾아가고 있대요. 엄마랑 책도 같이 쓴다고 자랑하고요. 엄마가 잘해준다고 해서 받지만 말고 너도 같이 노력하면 좋겠다고 말해줬더니, 격하게 공감하더라고요."

주책맞게 눈물이 났다. 아이가 달라졌다는 말이 기뻤다. 숙제를 열심히 해서 칭찬 스티커를 받은 기분이었다.

"선생님, 하연이 힘들 때 이야기도 들어주고 친구가 되어주셔서 감사해요."

"그것도 하연이 복이죠. 참 예뻐요."

맞다. 하연이는 그런 애다. 예쁘고 사랑받는 아이. 처음 만나는 사람과도 절친이 되는 아이.

책 모임으로 친해진 엄마들이 있는데, 한번은 자녀들과 같이 만난 적이 있다. 다들 딸들이었는데, 나이대도 다르고 하다 보니 처음 만난 자리가 좀 어색했다. 그때 구세주가 나타났으니, 하연이었다.

"안녕! 넌 이름이 뭐야? 내가 그림 그려줄까?"

원래 아는 사람인 양 조잘조잘 떠들고 장난을 친다. 헤어질 때는 끌어안고 흔들며 "너 정말 좋아. 같이 더 놀고 싶어"하며 친한 친구가 되었다.

하연이의 친화력은 함께하는 자리가 어색한 어른들에게 더욱 효과를 발휘한다. 부부 동반에 애들까지 데리고 집들이를 간 적이 있었다. 부인들은 음식 나르는 것을 도와주며 일상적인 칭찬과 질문으로 대화를 이어갔지만, 이내 찾아오는 어색한 시간은 피할 수 없었다. 그때 하연이가 그 사이를 오가며 이런저런 이야기를 온몸을 써가며 들려주었다. 덕분에 한바탕 웃을 수 있었고, 그러고 나서는 자연스레 대화가 오고갔다.

"하연이는 어디 가서든 잘 살 거예요. 진짜 사랑스럽다니까. 어쩜 이렇게 사교성이 좋아요?"

하지만 내게는 그런 칭찬이 짠했다. '애착 장애'라는 말이 떠올라 자책도 했다. 사랑받으려고 애쓰는 강아지 같았다.

"하연아, 엄마 라면 먹을 건데 같이 먹을래?"

"응! 아, 내가 끓일까? 나 라면 진짜 잘 끓여. 비법이 있지."

하연이는 입을 써가며 라면을 끓이기 시작했다.

"냄비에 물 두 컵을 가득 넣고 끓을 때까지 기다려. 팔팔 끓으면 스프, 후레이크, 면 넣고 중불이나 강불로 끓여. 면이 풀어지기 시작하면 다른 그릇에 계란을 풀어서 넣어. 여기가 포인트야. 케첩을 한 바퀴 둘러. 좀 더 끓이면 끝."

나는 젓가락을 빙빙 돌리며 라면이 오기를 기다렸다. 진짜 맛있었다. 면은 탱글탱글하고 계란은 부드러웠다.

"음, 맛있다."

"진짜 맛있지? 엄마 표정이 너무 웃겨."

"우리 내일 데이트할까? 어디 가고 싶은 데 있어?"

"홍대! 맛있는 거 먹으러 가자."

"그래. 그럼 내일 엄마 한의원 갔다가 12시에 버스 정류장에서 만나."

다음 날, 한의원에서 진료를 마치고 시계를 보니, 아뿔싸, 12시 20분이었다. 부재중 전화 두 통과 문자. 아마 상황이 반대였다면 잔소리 폭탄으로 마을 하나가 사라졌을지도 모른다. 얼른 전화를 한다.

"엄마가 진료 받느라 시간이 이렇게 된 줄 몰랐어. 미안해."

"괜찮아. 카페에 와 있어."

"얼른 갈게. 버스 정류장에서 만나."

버스 정류장 근처 신호등 앞에서 두리번거린다. 길 건너편에 딸이 서 있다. 나를 계속 보고 있었나 보다. 시선이 닿자 손을 흔든다. 신호가 바뀌자 종종걸음으로 오더니 온몸을 실어 나에게 안긴다. 팔짱을 끼고 걸으며 부딪히는 엉덩이를 서로 밀다가 웃었다.

"여기 한의원 진료 잘 보더라. 너 머리 아프면 한번 가자."

"저주파 안마기면 돼. 주문했어?"

"아니. 이제 주문해야지."

"역시 나는 엄마를 닮았어."

홍대에 도착했다. 역시나 식당을 찾아 헤매는 나를 보고 하연이가 지도 앱을 켜고 내 손을 끌어당긴다.

"역시 엄마는 나랑 꼭 붙어 있어야 돼. 나, 엄마랑 평생 살까?"

아이는 부모에게 관대하다. 내 상처가 칼이 되어 찔렀는데도 아이는 다 잊은 걸까? 나는 여전히 과거를 헤매는 시간 여행자다. 나의 아팠던 시간과 아이를 아프게 했던 시간으로 돌아가 간혹 머무르며 괴로워하곤 한다. 그런 나를 아이는 지금으로, 엄마의 자리로 끌어다 놓는다. 지독히 외롭고 아팠던 내 안의 아이를 위로하고 친구가 되어준다. 나란히 걸음을 맞춘다. 아이는 쑥 들어와 금세 자리를 잡는다. 모두 용서한 것처럼.

나는 아직도 정답이 없는 질문의 답을 구하고 있다. 아이를 잘 키우는 게 무엇인지, 내가 잘하고 있는 것인지.

한 가지 확실한 건, 사랑하는 딸이 지금 살아 있다는 것이다. 그거면 충분하다.

엄마도 엄마 하고 싶은 대로 살고 싶어

"엄마, 나 가출할래요. 쟤랑은 도저히 한집에서 못 살겠어요."

한동안 잠잠하더니, 이게 또 뭔 소리람. 익산의 아는 언니네에서 일주일만 지내다 오겠다며 허락해달라고 무릎까지 꿇었다. 대체 왜? 이유나 들어보자.

알고 보니 코로나 때문에 온라인 수업이 계속되면서 둘째와 함께 있는 시간이 늘어난 것이 문제였다. 소리 지르며 집안을 뛰어다니는 동생과 그게 시끄러워 못 견뎠던 누나는 내내 싸우다 못해 결국 폭발하고 만 것이다. 서로가 피해자라고 우기는 상황에서 어쩔 수 없이 일주일간 떨어져 있기로 하고, 하연이를 내 사무실에서 지내게 했다.

일주일 후, 다시 만난 남매에게선 여전히 냉기가 흐르고 있었다. 그런 둘을 화해시켜 보겠다고 주방으로 불러 식탁에 앉으라고 했다.

"같이 살아야 하는 가족이니까 조금씩 양보하고 이해해야지. 서로 하지 말았으면 하는 걸 말해보자. 듣고 그렇게 해주기로 하는 거야."

아들이 먼저 부리나케 말한다.

"누나가 나를 안 때리면 좋겠어. 누나가 말 걸지 않았으면 좋겠어. 아빠한테 뭐라고 안 했으면 좋겠어. 영민이 운다고 나한테 뭐라고 안 했으면 좋겠어."

"하연이는?"

하지만 하연이는 대답 대신 2차 전쟁을 일으켰다.

"말해도 못 지켜."

"왜 못 지켜?"

"못 지켜. 확실해."

"누나가 어떻게 확신해? 말해보지도 않고."

"너 있는 데선 말 못 해."

"해. 해야 듣고 지키지."

"없어지면 좋겠어. 내 인생에서 사라지면 좋겠어."

"악!"

결국 둘째가 비명을 지르고 울며 방으로 뛰어 들어갔다.

화살은 내게 돌아왔다.

"이것 봐. 말하지 않는다고 했잖아!"

하연이도 악을 쓰며 운다.

"너는 동생한테 어떻게 그런 심한 말을 해?"

"나도 이런 내가 싫다고! 이런 생각 하는 내가 싫다고!"

하연이도 결국 방으로 뛰어 들어가고, 나만 혼자 덩그러니 식탁에 남았다.

아이고 머리야. 5학년 동생이 뭘 얼마나 잘못했다고, 악담을 퍼붓고 사라져버리면 좋겠다고까지 할까. 누나에게 등을 세차게 맞은 동생은 꾹 참고 있는데, 누나는 자기만 아프다고 한다. 상처받았을 아들이 걱정돼 가서 봤더니, 침대에 멍하니 누워 눈물만 뚝뚝 흘리고 있다.

"누나가 사춘기라서 그래. 〈현실 남매〉 안 봤어? 거기 보면 남매가 매일 죽일 듯이 싸우잖아. 너희가 그동안 사이가 너무 좋았던 거야. 다들 그렇게 싸우면서 커."

하지만 여전히 누워 눈물만 흘리는 아들. 대체 이게 뭔지. 온갖 감정이 난무했다. 허망함, 죄의식, 분노, 자괴감……. 엄마는 생채기가 나도 아프다고 말하면 안 되나. 아이를 키울수록 부모에게 늘어나는 건 죄의식인가. 슬퍼도 마음껏 슬퍼할 수 없고, 아파도 어디 아프다고 말할 수 없는 엄마의 마음은 어디에 두어야 할까. 이제는 내가 죽을 것 같았다. 풀어보려고 할수록 더 엉켜버리는 이 상황을 어떻게 해야 할까. 잘해보려고 할수록 아이의 요구는 점점 더해지기만 한다.

포기할 수도 놓아버릴 수도 없는 이 굴레에서 벗어나고 싶다. 다 던져버리고 싶다. 엄마 안 하고 싶다.

"나 엄마 안 해!"

결국 폭발했다.

"야, 너희들만 반항할 줄 알아? 엄마도 할 수 있어! 이제는 엄마 차례야."

옷장을 열고 옷을 다 끄집어냈다. 눈물이 났다. 엉엉 울었다. 그 소리에 딸이 방으로 들어왔다.

"차라리 내가 집을 나갈게. 엄마도 이제 그만할 거야. 나도 나 살고 싶은 대로 살 거야. 도대체 내가 뭘 잘못했어? 너희 낳고 키운 게 잘못이야? 왜 이렇게 엄마만 죄인 만들어? 엄마도 힘들어. 엄마는 뭐 용가리 통뼈인 줄 알아? 엄마도 엄마하고 싶은 대로 살고 싶다고."

어느새 집에 들어온 남편이 아들을 데리고 밖으로 나갔다. 나는 딸이 보는 앞에서 한참을 소리치고 울었다. 곧 후회하는 마음이 들었지만 속은 후련했다.

나는 얼른 마음을 추스르고 딸의 손을 쓰다듬으며 사과

했다.

"미안해. 엄마가 미안해. 또 화내서 미안해. 너 보듬어줬어야 하는데 그러지 못해서 미안해. 참아주지 못하고 또 화내서 미안해."

"엄마, 나는 내가 너무 미워. 아까 침대 위에서 창문 밖을 한참 봤어. 뛰어내릴까 봐 무서웠어. 내가 죽으면 엄마가 슬플까 봐."

그렇게 우리는 손을 잡은 채로 같이 울었다.

다음 날, 남매는 서로 미안했는지 평소에는 묻는 말에 대답도 않더니 웬일로 친절하게 대화를 주고받았다. 그냥 둬볼걸 그랬나? 나도 오빠랑 죽일 듯 싸우고도 다음 날 아무 일 없다는 듯 놀았잖아. 나도 그렇게 크면서 또 쓸데없이 호들갑을 떨었구나. 아이들이 흔들리면 스스로 제자리에 돌아올 수 있도록 시간을 줘야 했는데, 아이들도 알아서 제자리로 돌아오려는 노력을 하고 있는데, 나만 모르고 빨리 돌아오라고 조급해 했구나.

이제는 좀 알겠다. 흔들리고 깨지고 다시 일어서는 경험이 아이에게 필요하다는 것을. 부모는 그 옆에서 깊은 신뢰를 보내며 아이들의 여정을 지켜볼 필요가 있다는 것을. 어쩌면 부모와의 관계 회복은 아이들이 더 원하는지도 모른다. 이 험한 세상에서 아직 아이들은 부모의 도움과 애정이 필요하니까. 그렇기에 부모와 사이가 나빠지면 아이들은 불안해하고, 버림받을까 두려움을 느끼는 것이다. 안정감이 사라지니까. 그렇다고 부모에게 의존적인 성향을 들키긴 싫고. 그래서 자존심 상하지 않게 더 오기를 부리는 거구나.

그런 마음마저 보듬어주는 부모가 되고 싶은데, 머리와 행동이 늘 따로 논다. 흔들리는 것도 아이들 모습이니 있는 그대로 받아들여주고 싶은데, 사랑받고 인정받고 싶은 마음을 헤아려주고 싶은데, 순간의 감정이 주체 안 될 때가 있다. 그래도, 이런 나라도 엄마니까 다시 힘을 내보자. 아이의 비빌 언덕이 되어보자. 가족은 원래 그런 거니까.

포기하지 말자. 끝까지 붙들고 오늘 하루를 살아내자.

그냥 살아, 나도 그저 살 테니

방황하는 사이 학업 진도를 놓친 아이는 공부에 흥미를 잃었고, 점점 그림만 파고들었다. 유리 같은 감성의 하연이에게 다른 사춘기 감정과 충돌하고, 고입 입시에 뾰족해진 아이들과 선생님 사이에서 균형을 잡는다는 것은 너무도 버거운 일이었다.

수업에 들어가기 싫어서 학교 내 청소년 상담 센터에 갔더니 담당 선생님의 확인서를 받아오라고 했단다. 터덜터덜 신청서류를 들고 계단을 오르는 발걸음이 얼마나 무거웠을까. 아이들의 시선을 뚫고 앞문으로 선생님에게 가는 길은 또 얼마나 멀었을까.

들이민 확인서와 아이 얼굴을 번갈아보다 무심코 뱉어낸 선생님의 한마디.

"너 상담 받으러 가니?"

선생님의 큰 목소리에 반 아이들이 일제히 고개를 든다. 수십 개의 눈과 마주친 아이는 얼어붙었다. 그게 그리 큰 소리로 말할 일인가. 사춘기 아이에게 상담이라는 말은 민감하다.

변명할 틈도 없이 빠져 나오려는데 선생님은 대답을 재촉한다. 눈물을 참느라 차마 입을 떼지 못한 아이는 기어이 대답을 들으려는 선생님과 대치하다가 결국 한 번 더 다그치는 선생님의 말에 눈물이 나 대답을 하고 문을 나섰다고 한다. 그 문을 어찌 다시 열고 들어갈까.

다음 날, 하연이는 학교에 가기 싫다며 넋 빠진 얼굴로 앉아 있었다. 나도 보내고 싶지 않았다. 선생님과 반 친구들의 묘한 시선을 받아내야 하는 하연이가 안쓰러워 그냥 집에 있으라고 하고 싶었다. 하지만 고등학교에 가려면 수업 일수를 채워야만 한다. 가정 학습 신청하고 수행 평가만 보자고 잘 달래서 학교에 보냈다. 그렇게 하루하루 줄타기는 계속되었다.

어느 날, 담임 선생님에게 문자가 왔다.

"하연이는 어제부터 오늘까지 이틀 미인정 결석입니다."

뭔 말이지? 어제 분명 늦었지만 교복 입고 학교 갔는데?

갔다 와서 수행평가도 봤다고 했는데?

하연이에게 전화를 했다. 어제 지각해서 교실에 못 들어갔다고 했다. 병원 가서 진단서 받으려고 했는데 병원도 못 갔다고 했다. 그 심정은 이해했다. 하지만 대책도 없이 될 대로 되라 식의 행동에 나도 결국 폭발하고 말았다. 정말이지 한계였다. 나도 모르게 소리를 질렀다. 머리로는 그만하라고 하는데, 내 목소리는 듣지를 않았다. 점점 소리가 커지고 곧 잡아먹을 것처럼 으르렁댔다.

"차라리 자퇴를 하자. 엄마한테 미리 말을 했어야지. 그래야 대책을 세우지. 어제 병원에 다녀왔어야지. 도대체 어떻게 하려고 그래? 이제 선생님한테 죄송하다고 말하는 것도 죄송해. 너무 창피하다. 엄마가 도대체 뭘 잘못했어? 다른 아이들처럼 평범하게 학교 다니면 안 돼? 아무것도 하기 싫으면 아무것도 하지 마. 진짜 하지 마. 노트북이랑 휴대폰도 다 엄마가 가져갈 거야. 알겠어?"

네, 아니오만 반복하던 하연이가 갑자기 대답이 없다.

"하연아? 하연아!"

그 침묵이 너무 길어 천년 같았다. 순간 정신이 번쩍 들었다. 아차 싶었다. 예감이 좋지 않았다. 얼른 짐을 챙겨 차로 갔다.

'어쩌자고 또 애를 몰아세웠을까.'

집으로 오는 20분 동안 오만가지 생각이 다 들었다. 떠올리고 싶지 않은 장면들이 스쳐 지나갔다. 최악의 상황까지 생각해야 하는 것이 무서웠다. 창밖으로 뛰어내리지만 않았으면, 손목이면 빨리 병원으로 데려가면 목숨을 구할 수 있겠지, 집에 없으면 어디서 찾아야 하나. 차라리 빈둥빈둥 누워 휴대폰을 하고 있는 거였으면 좋겠다. 그러면 다행이었다.

아파트로 들어서는 길. 모여 있는 사람도 구급차도 없는 걸 보니 뛰어내린 건 아닌가 보다. 엘리베이터는 왜 이리 더딘지. 요즘 말썽이더니 결국 이렇게 애태우는구나.

현관 비밀번호를 누르는 순간 아무 생각도 않기로 했다. 문을 여니 조용했다. 아이의 방 문을 열었더니 없었다. 매일 보이던 노트북도 안 보인다. 혹시 몰라 창문 밖을 내다봤다. 창문을 나무로 막아놓든지 해야지. 사라진 노트북 대신 전자 노트가 있었고, 글씨가 씌어 있었다.

엄마, 이런 딸이라 미안해요.

그냥 살아서 사는 거예요.

자퇴하고 싶지 않아요.

학교 가고 싶지도 않아요.

어떻게 해야 할지 모르겠어요.

내가 죽으면 엄마가 슬퍼할까 봐 그냥 살아요.

죄송해요.

내가 평범한 아이면 좋겠어요.

미안해요.

옷장이 열려 있다. 가출이다. 이제 어쩌지?

침대에 걸터앉아 한동안 멍하니 있었다. 손톱을 물어뜯었다. 손이 저려와서 손을 주무르다 가슴이 아려서 가슴을 쳤다. 숨을 크게 쉬고, 눈을 세게 감았다 떴다. 하연이 친구들과 담임 선생님에게 문자를 보냈다. 버스 정류장으로 가볼까, 지하철역으로 가야 하나. 어디에도 아이는 없었다. 24시간은 지나야 실종 신고가 된다는데. 그러면 가출 신고라도 하자. 112를 눌렀다.

"아이가 가출해서요."

"흔적을 남겼나요?"

"이런 딸이라 미안하다는 편지를 쓰고 나갔어요."

"전에도 그런 적 있나요?"

"가출은 처음이고, 약을 먹은 적이 있어요."

"심각한 상황이네요. 위치 추적을 하겠습니다."

집으로 경찰이 왔다. 아이의 인상착의를 말했다. 그리고 나니 담임 선생님으로부터 연락이 왔다. 내 전화는 안 받더니 선생님 문자는 받았단다. 출석 인정 서류를 오늘은 작성해야 하니 학교에 오라고 말씀하셨다고. 서울로 가는 지하철을 타고 있던 하연이는 결국 학교로 되돌아오기로 했다.

경찰서로부터도 연락이 왔다. 하연이에게 경찰이라고 문자를 했더니, 별일 아니라고 오늘은 일단 집에 들어갈 거라고 했단다. 집에는 갈 것 같은데 다시 가출할 수 있으니, 그러면 연락을 달라고 했다.

급히 학교로 갔다. 하연이는 나와는 눈도 안 마주친다. 선생님과 가정 학습 서류를 작성했다. 학교 내 상담 센터 건 이야기를 하니 눈물을 뚝뚝 흘린다. 담임 선생님은 아이들이 상담실을 편하게 다녀서 그때 담당 선생님도 가볍게 이야기하신 걸 거라고, 별 뜻은 없으셨을 거라고 말씀하셨다. 그렇지만 하연이가 이렇게 속상해하니 대신 담당 선생님께 사정을 전해주겠다고 하셨다. 그 말에 하연이의 마음도 조금 풀어진 듯했다.

선생님은 미리 하연이 친구들 보고 학교에 남으라고 하고, 같이 먹을 떡볶이도 배달 주문을 해놓은 상태였다. 하연이는 친구들과 떡볶이를 먹고 오고 싶다고 했다. "집으로 올 거지?" 하고 물어보고 싶었지만 꾹 참았다. 대신 가방 무거우니까 엄마가 가져간다며 가방을 건네받았다. 노트북 없이는 집을 나가지 않을 테니까. 노트북에 옷까지 든 이 무거운 가방을 메고 또 어디를 헤매고 돌아다니려고 한 걸까? 심장이 아프다. 내 마음은 어떻게 해야 할까?

떡볶이를 먹으며 친구들과 한판 수다를 떤 하연이는 신이 나서 집으로 돌아왔다.

"어디 가려고 했어?"

"아무 데나. 스터디카페."

"며칠이나?"

"3일. 그 정도가 내 간 크기인가 봐."

"그럼 다음에 가출하면 3일이면 돌아오겠구나 생각해?"

"응."

"그래도 걱정되니까 가출은 지난번처럼 엄마 사무실로 하기로 하자. 한 달에 한 번, 3일만. 엄마한테 가출합니다, 하면 엄마가 출근 안 할게."

"알았어. 근데 뭔가 허무하다. 가출 계획을 엄마랑 세우는 딸은 없을 거야."

떡볶이를 먹고 왔으면서 또 감자탕을 먹고 싶다던 하연이는 결국 감자탕 한 그릇을 뚝딱 비워내고 잠이 들었다. 나도 잠자리에 들었다.

　아파트 아스팔트 위에 사랑하는 딸의 피가 홍건하게 퍼지고 있었다. 헉! 놀라 일어났더니 꿈이었다. 온몸의 피가 다 빠져나가는 기분이다. 아닌가? 진득한 피들이 내 몸에 달라붙어 무기력한 느낌인가? 모르겠다. 어떻게 표현할 방법을 모르겠다. 침대 옆 협탁에 놓아둔 시집을 들어 접어둔 곳을 펼쳐보았다.

　　삶을 사랑하는 것

　　슬픔이 당신과 함께 앉아서

　　그 열대의 더위로 숨 막히게 하고

　　공기를 물처럼 무겁게 해

　　폐보다는 아가미로 숨 쉬는 것이

　　더 나을 때도

　　　　　　　　　　　　　　- 앨렌 바스의 〈중요한 것은〉 중에서

　그래, 재로 목이 메고 아가미로 숨을 쉬더라도 살아야지.

　그러니까 너도 그냥 살아. 엄마도 그저 살 테니.

　아침이 밝아온다. 수분이 모두 빠져나가 쪼그라든 마른 나뭇가지 같은 몸을 끌어 움직인다. 숨 한 번 크게 쉬고 방을 나가 아이의 방문을 열어본다. 잘 자고 있다. 아이 먹일 아침 밥을 얼른 지어야겠다.

평범하게 특별한 아이

"우리 산책 나갈까?"

가을밤, 딸과 손을 잡고 동네를 이리저리 걸었다.

"엄마, 나는 내가 평범하면 좋겠어. 나는 열심히 살고 있는데, 친구들과 선생님 보기엔 아닌가 봐. 그만 놀고 공부 좀 해야 하지 않겠느냐고 그래. 학생이 할 일을 먼저 하고 하고 싶은 걸 해야지, 그렇게 그림만 그리면 어떻게 하느냐고. 나는 정말 바쁘게 사는데 선생님은 그러셔. '집에 가서 뭐 해? 학원 가?' 나는 아니라고, 그림 그린다고 해. 그러면 선생님이 또 그러셔. '그럼 시간 많겠네. 숙제 해서 와.' 학원 안 다니면 노는 건가? 나는 내 꿈이 있는데, 그건 하나도 안 중요한가 봐. 아이들이 이상하게 쳐다봐. 선생님들은 내가 문제아 같은가 봐. 그건 그냥 틀린 게 아니라 다른 건데."

"속상하겠네. 그런데 하연아, 사람들이 인정해주면 좋겠지만, 그렇지 않다고 해도 네가 옳다고 생각하는 일에 당당하면 좋겠어. 엄마는 꿋꿋하게 하고 싶은 일을 하는 네가 자랑스러워. 엄마는 알잖아. 우리 하연이 얼마나 열심히 하고 있는지."

평범하면 좋겠다니, 창의적 인재 양성이라는 국가의 교육 목표는 도대체 어디로 간 건지. 특별함에 죄의식을 갖는 아이를, 평범한 게 당연하다고 여기는 아이를 어쩌면 좋을까. 중간만 해라, 튀지 마라, 그런데 특별해라. 그 사이에서 갈등하던 하연이는 차라리 평범해지고 싶다 말한다.

"엄마, 남들과 다른 것은 평범하지 않은 걸까? 나는 평범할까, 특별할까? 나의 특별함은 옳은 걸까, 그른 걸까? 자신의 가치에 옳고 그름을 정하래. 가르쳐주는 것만 배우는 게 옳아? 잘하고 못하는 기준은 누가 세워? 선생님이 말하면 들어야 하고, 내 생각은 특별하지만 옳지는 않고. 배워야 할 이유를 모르겠는데 배우라고만 하는 학교가 갑갑해."

하연이는 배우고 싶은 걸 배우는 용기를 선택했다. 온라인 강의를 듣고 멘토들을 찾아다니며 그림을 배웠다. 인체, 근육, 해부학 책을 사서 공부했다. 진짜 배움의 즐거움을 알아가고 있었다. 학교 밖 배움이 즐거울수록 학교 안은 더 갑갑해졌다. 원하는 고등학교에 가기 위해서 학교 수업과 성적이 필요하니 의미 없는 공부, 친구들의 시선, 선생님의 비난을 꾸역꾸역 버티고 있었다. 그런 위태로운 상황을 보고 있는 나는, 아이에게 어떤 말을 해줘야 할까?

나조차 그림 그리는 것을 노는 걸로 생각했다. 지금 생각하면 놀랍다. 너무도 당연하게 그런 걸로 받아들이고 있었다. 밤새 그림을 그리고 늦게 일어나는 아이를 한심한 눈으로 바라봤다. 유명 웹툰 작가의 밤샘 작업은 전문성이고, 아이의 몰입은 직무 태만인가? 시선을 바꿨다. 아이의 일상을 나라도 존중해주고 싶었다. 입시 공부하듯 그림을 공부하는 중이라고 생각하기로 했다.

연어구이와 식혜를 책상으로 배달해주며 "그림 열심히 그려" 한다. 말도 바꿨다. 점심시간이 지나 밥을 먹는 아이에게 "아침을 왜 이리 늦게 먹어?"라는 말 대신 "우리 딸 첫 끼 먹네. 두 끼, 세 끼도 챙겨먹자"라고 한다.

하연이는 모 예술고등학교에서 주최하는 캐릭터 그리기 대회에서 최우수상을 받았다. 가출 사건이 있고 그다음 주가 대회였는데, 주제가 일주일 전에 공지되었어도 딱히 준비를 못해서 수상은 기대하지도 않았다. 그저 경험이나 해보자고 참여했다. 그날 역시도 잠을 못 자 피곤했을 텐데, 대회가 시작되고 그림을 그리기 시작하니 그런 기색은 싹 사라졌다. 구부정한 자세로 도화지를 뚫고 들어갈 것처럼 무섭게 집중하는 모습을 보였다. 대회가 끝나고 한 시간 후, 시상이 이어졌다.

"최우수상, 이하연."

스스로 일궈낸 성과였다.

"정말 축하해."

"다른 애들은 이미 연습하고 왔는지 바로 쓱쓱 그리더라고. 다들 입시학원 다니나. 아이디어 생각하고 러프 잡고 완성하느라 애 좀 먹었어."

"뭐 그렸어?"

"주제가 '안드로이드와 인간'이었거든. 요즘 동물원 동물 학대가 이슈잖아? 동물원에 실제 동물 대신 진짜 동물 같은 안드로이드를 두는 걸 생각해봤어. 그리고 부모 없는 아이도 동물원에 갈 수 있도록 지원해주는 보모 안드로이드도 그렸어."

"어떻게 그런 생각을 했어?"

"전에 트위터 친구들이랑 이 주제로 이야기했던 게 생각났어. '트친 언니들한테 인체 드로잉 배우고, 책으로 배우고, 학원 안 다닌 자의 승리!' 뭐 이런 기분이지."

"축하해. 선생님이 하연이 상 받은 거 알면 좋아하시겠다."

"아닐걸. 선생님들은 그림에 관심 없어."

그 말이 사실이든 아니든, 선생님에게 아무런 기대가 없는 게 안타까웠다.

동갑내기 트위터 친구 두 명이 각각 평택과 군포에서 응원을 왔다. 대회 장소는 서울이었는데 두세 시간을 걸려서 왔다고. 둘 다 그림을 그리는 친구들이었는데, 대회 분위기가 어떤지도 보고 하연이도 볼 겸 해서 왔다고 했다. 낯선 사람, 낯선 곳에 간다니 그 부모들은 또 얼마나 걱정이 되었을까. 군포 친구는 혼자 멀리 간다고 하면 부모님이 허락 안 해줄까봐 학교 친구를 만난다고 하고 왔고, 평택 친구는 아빠가 데려다줬다고 했다. 집마다 아이들 걱정에 마음의 줄타기를 하는 부모의 모습이 그려졌다. 그에 비해 아이들은 해맑았다. 앞머리에 왕헤어롤을 말고 수줍게 웃었다.

대회가 열린 고등학교 앞 즉석 떡볶이 집에서 떡볶이는 물론 밥까지 볶아 먹고 카페로 갔다. 아이들은 각자 들고 온 노트, 태블릿을 꺼내서 그림을 그리기 시작했다. 생소했다. 내가 알지 못했던 세상이었다.

"그 친구들은 집에 잘 갔어? 이렇게 멀리 오면 집에서 걱정 안 해?"

친구들을 배웅하고 들어온 하연이에게 물었다.

"하지. 어떤 애들은 트위터 친구 만나러 간다고 하면 장기밀매업자 아니냐고 한대. 뭔가 목적이 있으니까 접근하는 거 아니냐고. 근데 목적이 있어서 5년 동안 같이 수다 떨고 그림 그리는 사람이 있겠어?"

그도 그렇다.

'그렇지. 내 딸도 트위터 하지만 장기밀매는 안 하지.'

상상도 하지 못한 사람과 연결되고 있는 온라인 세상이다. 아이들은 재빨리 온라인 세상에 자신의 우주를 옮겨놓았다. 학교도 나이도 직업도 상관없다. 그냥 나일 뿐이고, 모두가 특별하다.

나는 아직 그 세상이 익숙하지 않다. 내가 볼 때 그곳은 지지해주는 것 없이 흔들리는 땅 같았다. 하연이가 평범한 학생의 모습에서 일탈하는 것 같아 불안했다.

중심을 잡으려는 본능은 아이를 학교와 가정이라는 틀에 고집스럽게 가두고 있었다. 나를 지키자고 진짜 지켜야 할 것을 잊었다. 자녀를 존재 자체로 존중하고 믿어주는 것과 같은 일들 말이다. 움켜잡을수록 아이는 더 강하게 흔들리고 도망가려고 한다. 이제 힘을 빼고 있는 그대로 보려고 하니 자기 세상에서 빛나는 아이가 보인다. 꿈을 꾸고 흔들리고 다시 웃는 지극히 평범하게 특별한 열여섯 살의 너, 이하연이.

색연필은 다 못 채웠지만

하연이가 방을 정리했다.

청소해라, 안 한다, 싸움하는 게 싫어 한동안 하연이 방을 들여다보지 않았다. 그런데 어느 날 아침, 하연이가 학교에 제출할 보고서가 안 보인다고 하는 것이다. 눈치를 보는 것이 엄마에게 혼날까 봐 걱정인 모양이었다. 여전히 하연이에게 엄마는 무서운 존재구나. 어떻게 해야 그 감정을 해소시켜줄 수 있을까.

어쩔 수 없이 방에 들어가 같이 보고서를 찾았다. 옷들과 온갖 잡동사니가 뒤엉켜 퀴퀴한 냄새가 났다. 책들 사이에 끼어 있는 보고서를 간신히 찾았고, 하연이는 기분이 좋아져서 학교로 갔다. 하연이가 나간 방을 둘러봤다. 한시라도 빨리 정리가 시급했다. 해주고 싶었지만, 하연이가 오면 같이 하자 싶어 그냥 나왔다.

　퇴근하고 돌아오니 하연이 방 앞에 종이 가방들이 줄을 서 있었다. 들여다보니 작년 교과서, 빈 안경 케이스, 트친들에게 받은 물건이 담긴 봉투들, 입시 준비한다고 샀던 문제집, 그림을 그리다 망친 종이들이 들어 있었다. 종이 뭉치 사이에 섞여 있던 중간고사 시험지를 발견했다. 빨간색 색연필이 비처럼 내린 누런 시험지에는 웹툰 캐릭터들이 빼곡히 그려져 있었다. 성적이 떨어지면서 자신감도 하락한 나머지 그림으로 자신감을 채워 넣으려고 했었나. 아니면 무의식적으로 습관처럼 그렸거나. 낙서라고 하기엔 잘 그린 그림이었다. 버리기엔 아까워 하연이 그림을 모아놓은 파일에 잘 보이도록 넣어두었다.

　똑똑. 노크하고 방으로 들어갔다. 깨끗한 방이 눈에 들어왔다. 불과 며칠 전만 해도 같이 청소하자고 했다가 자신도 스케줄이 있으니 일주일 전에 말해달라며 쫓겨났던 터였다. 갑자기 무슨 바람이 불었을까.

　복잡한 일이 있어서 생각 정리 좀 하느라고 그랬단다. 방을 빙 둘러봤다. 한눈에 그림 그리는 사람의 방이라는 걸 알 수 있었다. 무슨 정리 프로그램을 보고 있는 것 같았다.

　하연이 방에는 큰 책상과 여덟 칸짜리 책장, 세 칸짜리 수

납장이 있다. 늘 종이와 책, 노트북과 필기구들이 쌓여 있던 큰 책상에는 노트북과 태블릿, 정리된 필기구들만 놓여 있었다. 여덟 칸짜리 책장도 쓰임에 따라 잘 구분되어 있었다. 첫 번째 칸은 예술가를 위한 해부학, 인체 드로잉, 만화 캐릭터 데생 등 전문 서적이, 두 번째 칸에는 다양한 크기와 두께의 노트들이 자리하고 있었다. 세 번째와 네 번째 칸에는 미술 대회에서 받은 상들이 세워져 있었고, 나머지 네 개의 칸에는 초등학생 때부터 그린 그림들을 선별해 모아놓은 연습장이 가득했다.

세 칸짜리 수납장 맨 아래에는 방문 미술 선생님과 매주 그렸던 스케치북 여섯 권이, 그 위 칸에는 색연필과 전문가용 물감, 마커 펜, 잉크, 오일 파스텔이 있었고, 가장 위 칸에는 온라인으로 웹툰을 함께 그리며 친해진 친구들에게 받은 굿즈들이 전시되어 있었다.

하나하나 정리에 관한 상세한 설명을 끝마친 하연이는 칭찬해달라는 듯 의기양양하게 서 있었다. 그 기대에 부응하도록 나는 하연이의 등을 두드리며 어쩌면 이렇게 정리를 잘했느냐며 한껏 칭찬해주었다. 과장이 아니라 정말 기뻤다. 하연이의 마음도 이 방처럼 정리되는 듯했다.

하지만 그날 저녁, 하연이가 씩씩대며 부엌으로 와서는 눈물을 뚝뚝 흘렸다. 손에는 두꺼운 색연필 박스를 들고 있었다.

"왜? 뭔데?"

나의 질문에 하연이는 말을 잇지 못하고 큰 숨을 쉬며 말했다.

"이것 봐. 이거 내가 아끼는 프리즈마 색연필인데, 132가지 색 중에 30개가 없어. 내가 용돈 아끼고 아껴서 산 건데 없어졌다고. 대체 누구야? 얼마 전에 너 빌려줬는데, 너야?"

화살이 둘째에게 날아갔다. 놀란 둘째가 말했다.

"지난번 미술 시간에 빌린 건 맞는데 애가 가지고 가서 썼어."

화살이 다시 막내에게로 갔다.

"나는 누나 물건 만진 적 없는데."

막내가 답했다. 하연이의 얼굴은 폭발 직전이었다.

다른 때 같으면 찾아보지도 않고 뭐 그 정도 일로 울고 화내느냐 말하고, 하연이는 억울한 표정으로 울며 방으로 들어갔겠지만, 이번엔 그럴 수 없었다. 같은 상황을 만들어내는 건 우리 모두에게 좋을 게 없었다.

"이렇게나 많이 없어? 진짜 속상했겠네. 엄마도 오일 파스텔 그림 그리기 수업 들어서 잘 알아. 색 하나만 없어지거나 부러져도 얼마나 속상한데. 엄마가 같이 찾아줄게. 찾아보자.

그리고 너희들, 누나 미술 재료는 누나가 많이 아끼는 거니까 함부로 손대지 마. 그러면 안 돼."

하연이에게는 위로를, 동생들에게는 주의를 주었다. 동생 둘은 "네" 하고 찰떡같이 대답했다.

문득 장난감 수납장에 돌아다니는 색연필과 사인펜을 모아둔 바구니가 생각났다. 그 바구니를 가져와 뒤집고 난 후 하나씩 색을 비교하며 찾기 시작했다. 처음에는 시큰둥하던 하연이도 어느새 자신의 색연필 박스를 펼쳐놓고 같이 찾고 있었다. 비슷해 보이는 색연필이 있어 내가 물었다.

"이거 아냐?"

"아니, 이건 수성이고 내 건 유성이야. 둘이 섞이면 그림 정말 이상해져. 밀리는 느낌도 달라."

"너 색연필은 얼마야?"

"세일해서 10만 원 넘게 주고 샀어."

"아, 비싼 거네. 진짜 속상하겠다. 빨리 찾아보자. 엄마 너랑 같이 그림 그리려고 오일 파스텔 배우고 있으니 엄마 좀 가르쳐줘."

하연이가 좋아하는 그림을 같이 그려보고 싶어서 그림 수업을 받기 시작했다. 오일 파스텔로 색을 입히는 동안 복잡한 생각이 사라지고 몰입이 되었다. 이래서 그림을 그리는구나

하는 생각이 들었다. 같이 그림 그리자는 말에 기분이 좋아졌는지 하연이가 흔쾌히 답했다.

"응. 같이 그리자."

바구니와 다른 연필꽂이까지 샅샅이 뒤졌지만 결국 14칸은 채울 수 없었다. 그래도 하연이는 안정을 찾은 표정이었다.

"처음 이거 보고 진짜 화났는데, 엄마가 같이 찾아줘서 진정됐어."

채도를 맞춰 다시 정렬하며 하연이가 말했다. 색연필은 다 못 채웠지만 마음만은 다 채워진 모양이다.

그날 밤, 하연이가 영상을 하나 보내왔다. 오일 파스텔로 바다 그리는 법에 관한 영상이었다. 마치 '고마워'라고 말하는 것 같았다.

선물 같은 오늘을 살며

1년간 이어오던 상담을 마치는 날, 선생님에게 마지막으로 질문했다.

"선생님, 저와 하연이가 잘할 수 있을까요?"

"어머니와 하연이는 생각보다 강해요. 어려움이 없을 수는 없죠. 하지만 잘하실 거예요."

하연이는 노력 끝에 결국 특성화고 만화애니과에 합격했다. 온라인에서 만난 웹툰 전공 언니에게 크로키를 배우며 실기 시험을 준비하고, 그 언니와 포트폴리오도 상의하며 만들었다. 자기소개서는 또 달리 알게 된 언니와 상의해가며 알아서 작성해 접수했다. 결국 합격 통지서를 받았다. 집에서 학교까지는 1시간 30분 거리. 고등학교 입학 후에는 학교에서 가까운 외할머니 집에서 지내기로 했다. 나와 엄마, 하연이와의 관계가 걱정되지만, 이를 기회로 삼아 좀 더 유연하게 사랑을 주고받는 방법을 연습해보려고 한다.

하연이와 아빠와의 관계는 여전히 진행 중이다. 어느 날 남편이 말했다.

"하연이가 입원하고 난 이후의 시간을 지내오면서 온유를 배우고 있어. 아이들이 어떤 행동을 해도 다 커가는 과정이려니 하는 마음이 생기더라."

하연이는 요즘 아빠에게 불만이 있으면 바로 툭툭 뱉어낸다. 그 말이 투박해서 옆에서 보기에는 기분이 나쁠 것 같아 불안하지만, 남편은 잘 참아내고 있다. 아마 속으로 생각하고 있을 것이다.

'다 커가는 과정이려니.'

나는 엄마의 인생을 더 이해하려고 노력하고 있다. 단칸방을 옮겨 다니며 넉넉지 않은 살림을 꾸리고, 부엌이라고는 할 수 없는 찬바람이 부는 공간에서 4남매를 먹이기 위해 밥을 지어야 했던 엄마를 이해해보려고 한다. 우리를 떠나지 않기 위해 자기 자리를 지키는 방편으로 술을 택해야 했던 엄마를. 아무것도 할 수 없어 엄마를 원망하는 것으로 스스로를 지키려 했던 나까지도.

그동안은 과거의 상처로 인해 회피하고 차단했다. 성인이 되어서는 어려서 받지 못했다고 생각한 것들을 스스로 채우는 데에만 애를 썼다. 그 채움은 풍족감을 주기보다는 내 속의 어린아이에 대한 연민과 부모를 향한 원망만을 더 쌓았다. 부모를 향한 원망의 화살은 부모가 된 나에게로 돌아와 질책의 잣대로 나를 몰아세웠다. 스스로를 공격하며 벽을 세웠다. 과거의 기억을 붙잡고 그 안에 가두었다. 자녀와의 관계를 제대로 볼 수 없었다.

하연이의 극단적인 선택은 허상을 붙잡고 있느라 하마터면 가장 소중한 것을 잃을 뻔한 나를 똑바로 보게 했다. 나는 불행하다는 감정에 붙들려 있었다. 바꿀 수 없는 과거를 해결하려고 애쓰고 있었다. 제대로 현실을 마주했을 때 분명한 실체가 보였다. 아직 내게 선택할 수 있는 기회가 남아 있음을 알 수 있었다. 과거는 바꿀 수 없지만 현재는 아니었다. 하루하루 새롭게 선택할 수 있는 삶의 기회가 눈앞에 있었다.

먼저 놓아주어야 했다. 내면의 어린아이에게 너의 아픔을 이해한다고, 그 상처로 자라지 못한 내면을 이제는 놓아주라고, 더 많은 것을 볼 수 있는 어른의 눈으로 이제는 앞을 똑바로 보자고 말해주었다. 나는 어른이 되었고, 사랑하고 지켜야 할 가족이 있다. 그렇게 내면의 아이를 보듬고 놓아주었다. 묶여 있던 기억의 시간이 풀리고 이제 현재의 시간이 흘러가고 있다.

더 나은 삶을 위해 내가 할 수 있는 것이 무엇일까. 현재의 나로 사는 것이다. 벽을 허물고 모든 상황을 그 자체로 수용하는 것이다. 과거의 나를 있는 그대로 받아들여야 현재의 실수, 불만족, 불안감을 수용할 수 있다. 자녀들을 존재 자체로 인정할 수 있다.

이제 어른이 된 내게는 부모에게 줄 수 있는, 열여섯 딸에게 줄 수 있는 오늘이 있다. 관계를 회복할 수 있는 오늘, 더 나은 관계를 만들어나갈 수 있는 오늘. 나는 오늘을 살기로 결심했다. 다시 싸우고 흔들릴지라도, 이제는 그 싸움과 흔들림이 부모와 자녀가 같이, 그저 함께 살아가는 것임을 안다.

선물 같은 오늘을 하루하루 감사하며 살고 있다.

믿으며
함께 한 걸음씩

　나는 아직 나의 이상한 앨리스를 다 이해한다고 말할 수는 없다. 하지만 이해하려고 노력하고는 있다. 우리는 모두 불완전한 사람이다. 엄마로서의 나도, 이제 자라고 있는 나의 딸도 모두 과정 속에 놓여 있다. 그 과정이 어떤 식으로 흘러갈지는 나도 잘 모르겠다. 그저 지금 주어진 삶에 최선을 다하며 나아가고자 할 뿐이다.

　책을 쓰면서 참 고민이 많았다. 예민한 아이가 다시 상처받지는 않을지, 우리 가족의 이야기가 도움이 될지, 아니 도움이 되고 아니고를 떠나서 귀 기울여줄 사람이 있을지 걱정되었기 때문이다. 하지만 아이를 이해하는 길을 찾다 보니 우리 가족만의 이야기가 아니라는 생각이 들었다. 물론 우리 가족의 이야기가 평범한 것은 아니다. 다만 사안의 경중이 다를 뿐 사춘기 아이가 있는 가정이라면 크든 작든 갈등을 겪고 그 상처로 인해 아픔이 생길 수 있다는 걸 보고 용기를 내었다.

변화하는 세상 속에서 부모들도 아이들도 혼란을 겪고 있다. 그래도 부모들은 먼저 태어나 많은 것을 겪어본 관계로 흔히 말하는 지혜나 통찰력이 있다. 하지만 아이들은 그렇지 못하다. 아직 배워야 할 것도 많고 가치관이 정립되지 않은 상태다. 몸담고 있는 세상이 모두 제각각 달리 보이는 혼돈 속에서 사춘기의 변화까지 겪고 있는 아이들은 그래도 나름의 균형을 찾기 위해 애쓰고 있다. 아이들이라고 마냥 편하고 아름다운 세상 속에 살고 있겠는가. 어쩌면 지금 자신의 삶을 찾아가는 과정이 너무나 힘들고 어려운 나머지 두려워하고 있을지도 모른다.

부모라고 해도 두렵기는 마찬가지다. 부모도 앞으로 다가올 일과 그 이후의 변화가 어떨지 모르기는 마찬가지다. 게다가 '내 아이', '우리 아이'의 일이다. 부모로서 아이의 일에 냉정해지기란 너무 어렵다. 그래서 더 두려운 건지도 모르겠다. 나 역시 그렇다. 하지만 우리는 모두 아직 가보지 않은 길을 걷고 있다. 홀로 두려워하며 걷느니 나를 믿고, 딸을 믿고, 가족을 믿으며 함께 한 걸음씩 가는 수밖에.

우리는 쉽게 아이들의 일탈이나 잘못된 행동을 보고는 부모를 들먹이며 가정교육이 문제라고 말한다. 진짜 그런 건지 어쩐지는 잘 모르겠다. 다만 아이들이 가정에서 부모와 가족의 사랑과 이해를 받고 자란다면 세상의 기준에 손가락질 받는 일은 현저히 줄어들지 않을까 생각할 뿐이다. 그러니 부모 탓을 한다면 그냥 그러려니 받아들이는 것도 한 방법이다. 억울해 할 필요도, 자녀를 필요 이상으로 야단 칠 필요도 없다. 지금부터 아이와 다른 관계를 만들어가며 부모도 아이도 달라지면 될 일이니까.

우리는 너무나 남의 시선을 의식한다. 그래서 아이의 양육 문제도, 아이와의 갈등 문제도 쉽사리 드러내놓고 말하지 못한다. 그저 집 안에서 아이를 어르거나 윽박지르는 방식으로 해결하려고 한다. 그래서는 안 된다. 남 말은 하기 쉽다고, 그런 식으로 쉽게 비난하는 사람 중에 진정으로 걱정해주는 사람은 없으니까. 그러니 자녀와의 문제를 겪고 있는 부모가 있다면 자유로워졌으면 좋겠다. 누구의 잘못도 아니라 그냥 같이 흔들리며 성장하는 과정이라고 생각하면 좋겠다. 부모 노릇도 자녀 노릇도 처음이다. 처음인 사람끼리 우왕좌왕하며 방향을 찾아가는 것은 어쩌면 당연한 일이다.

우리는 모두 각자의 길을 열심히 가고 있다. 그 과정에서 부딪침이나 혼란이 있을 수 있다. 하지만 그 시기를 잘 이겨내면 우리는 또 각자의 길을 더 열심히 길고 넓게 갈 수 있을 것이다. 그러니 서로를 이해하며 잘 걸어가면 될 일이다. 때론 혼자서, 때론 또 같이.

하연이도 나도 호된 사춘기를 지나고 있다. 우리는 각자 치열하게 자기 세상을 살아가고 있다. 아이들의 치열하고도 이상한 세상을 이해하고 인정해주길 바란다. 그 안에 화해의 열쇠가 숨어 있을지도 모르니.

하연이가 잠이 오지 않는 밤에 지은 시가 있다. 그 시를 소개하면서 이 책을 마무리 지을까 한다. 이 세상의 모든 부모와 아이들을 응원하며, 아무쪼록 우리의 이야기가 조금이나마 이 책을 읽는 분에게 가 닿을 수 있기를 바랄 뿐이다.

꿈

– 이하연

잠자리에 들 때엔 고래를 만났죠

달빛이 잘 보이는 곳

별이 촘촘하게 박혀 있는

그 꿈을 항해하였죠

눈앞엔 은하수가 선명해
눈앞엔 그 달빛도 선명해
상상 속 모든 것들이 선명해

선명하지만 잡을 순 없지

잠이 오지 않는 밤엔 미래의 날 봤죠
달빛은 흐리지만
별도 보이지 않지만
그 미랠 꿈꿔보았죠

은하수도 보이지 않지만
그 달빛도 보이지 않지만
상상 속 모든 것들로 흐릿해

하지만 언젠가 잡아낼 거야

그냥 살아만 있어 아무것도 안 해도 돼

예민한 엄마와 청소년 우울증 딸의 화해와 치유를 향한 여정

초판 1쇄   2022년 4월 18일

지은이   이유미 이하연
펴낸이   서정희
펴낸곳   매경출판㈜
책임편집   김혜연
편집진행   이동근
마케팅   강윤현 이진희 장하라
디자인   김보현 이은설

매경출판㈜
등록   2003년 4월 24일(No. 2-3759)
주소   (04557) 서울시 중구 충무로 2(필동1가) 매일경제 별관 2층 매경출판㈜
홈페이지   www.mkbook.co.kr
전화   02)2000-2630(기획편집) 02)2000-2636(마케팅) 02)2000-2606(구입 문의)
팩스   02)2000-2609   **이메일**   publish@mk.co.kr
인쇄 · 제본   ㈜M-print   031)8071-0961
ISBN   979-11-6484-405-0(03810)